독서의 배신

독서의 배신

초판 1쇄 인쇄 | 2020년 12월 24일
초판 1쇄 발행 | 2020년 12월 31일

지은이 | 김 은
펴낸이 | 박영욱
펴낸곳 | 깊은나무

편 집 | 이상모
마케팅 | 최석진
디자인 | 서정희 · 민영선

주 소 | 서울시 마포구 월드컵로 14길 62
이메일 | bookocean@naver.com
네이버포스트 | post.naver.com/bookocean
페이스북 | facebook.com/bookocean.book
인스타그램 | instagram.com/bookocean777
전 화 | 편집문의: 02-325-9172 영업문의: 02-322-6709
팩 스 | 02-3143-3964

출판신고번호 | 제2013-000006호

ISBN 978-89-98822-75-0 (03810)

이 도서의 국립중앙도서관 출판예정도서목록(CIP)은 서지정보유통지원시스템 홈페이지(http://seoji.nl.go.kr)와 국가자료공동목록시스템(http://www.nl.go.kr/kolisnet)에서 이용하실 수 있습니다.
(CIP제어번호: CIP2020050474)

독서의 배신

김은 지음

완전 독서 덕분에 진정한 인생의 주인이
될 수 있었던 성장 스토리

깊은나무

prologue

소중한 당신의 독서는 달라야 합니다

인생에 만약은 없지만 그래도 만약 시간을 되돌릴 수 있다면 이것 하나는 제대로 하고 싶다. 바로 책 읽기다. 나는 다른 무엇보다 독서를 삶의 우선순위에 두고 살고 싶다. 10년 전, 20년 전부터 책을 제대로 봤다면 내 인생이 어떻게 변했을지 몹시 궁금하다.

나는 35년간 책을 왜 읽어야 하는지, 어떻게 읽어야 하는지 모른 채 독서를 가벼운 취미로 여기며 살았다. 그래서 시간이 나면 읽고, 바쁘면 한동안 책과 멀어지기를 반복했다. 취미로만 머무는 독서가 아닌 책 쓰기를 위한 독서를 했다면 어땠을까? 책 쓰기라는 목적을 가지고 책을 읽었다면 읽는 태도부터 달랐을 것이다.

사실 책을 쓰고 싶다는 생각은 초등학교 시절부터 했다. 당시 구독하던 어린이 잡지를 보면서 언젠가 나도 책을 한 권 써야겠다고 결심했다. 가슴속에 책 쓰기에 대한 작은 불씨가 살아 있었기에 '3년 안에 1000권을 읽으면 작가가 될 수 있다'는 문장을 보고 타오르는 열정으로 지체 없이 대장정을 떠날 수 있었다.

작가가 될 수 있다는 희망을 품으니 없던 힘까지 생겨 이른 새벽부터 전투적으로 책을 보기 시작했다. 먹고 자는 시간도 아깝게 여길 정도로 수험생처럼 손에서 책을 놓지 않았고 엄청난 성장과 변화를 기대하며 3년 간 1000권을 독파했다.

하지만 예상과 달리 내 삶은 크게 달라지지 않았다. 충격이었다. 나는 1000권을 읽고 나면 '뾰로롱' 하고 마법 같은 일이 펼쳐질 줄 알았다. 책에서 하는 말을 그대로 믿고 시간과 노력을 그렇게 투자했는데 어째서 내 삶이 제자리에 머물러 있는지 납득하기 어려웠다.

나는 앞만 보고 달리던 열차에서 내려 뒤를 돌아봤다. 무엇이 문제인지 알아내야만 했다. 책과 함께한 소중한 나의 3년을 그냥 책 좀 열심히 본 시절로 치부하고 끝낼 수는 없었다. '책을 꼼꼼히 안 읽어서 그런가?' '그림책을 너무 많이 읽었나?' '3년 안에 1000권을 읽으면 작가가 될 수 있다는 말은 거짓인가?'

무수한 생각 끝에 내가 깨달은 사실은 이것이다.

'책을 읽기만 하면 아무런 쓸모가 없다.'

책을 열심히 읽기만 하면 남는 게 없다. 책에서 배운 것이 있다면 하나라도 실천해야 내 것이 되는데 머리로만 알고 지나가면 내 삶도 이전과 똑같다. 즉, 다독보다 실천이 핵심이다.

열심히 권수에 매달리며 읽는 데만 급급했던 나의 독서는 인생의 관문을 통과하며 그저 열심히 버티고 참기만 했던 나의 삶을 닮아 있었다. 이제는 정말 달라지고 싶었고, 달라져야만 했다.

나는 소중한 시간과 에너지를 낭비하지 않는 효율적이고 생산적인 독서를 해야겠다고 결심했다. 한 번 읽기로 끝나는 독서가 아니라 세 번 읽기인 삼독으로 탄탄한 독서 내공을 쌓기 시작했다. 한 권을 읽어도 제대로 읽으려 노력했고 나에게 꼭 필요한 '인생책'을 만나면 반복해서 읽었다.

아무리 좋은 음식도 소화하지 않으면 아무런 쓸모가 없듯이, 좋은 책도 내 것으로 소화해야 나에게 양분이 되고 내 삶도 변한다. 나는 나에게 맞는 책을 찾아서 반복해서 읽으며 읽고 쓰고 실천하는 3단계를 습관화했다.

많은 책을 한 번만 읽기보다는 나에게 맞는 책을 반복해서 읽으며 책을 소화하고 체화하는 완전 독서를 했더니 변화가 생기기 시작했다. 책을 보는 눈이 달라지고 책을 읽는 방법도 달라졌다. 나에게 맞지 않는 책을 애써서 읽지 않았고 술술 잘 읽히는 책은 곁에 두고 다시 펼쳤다. 책을 이전보다 깊이 있게 만나며 책 속에 푹 빠져 보니 밥을 먹는 것보다 책을 읽는 것이 좋았다. 하루에 한 끼만 먹으며 살 수는 있어도 책 없이는 못 살겠다는 생각이 들 정도였다.

인생을 살다 보면 때로는 시행착오가 필요한 경우도 있다. 하지만 독서는 그럴 필요가 없다. 경험자의 노하우를 참고해 시간을 낭비하지 않고 쉽고 빠르게 가면 된다. 당신의 시간은 정말 소중하니까.

이 책은 내가 3년간 집중 독서를 하면서 알게 된 완전한 독서법에 대한 기록이다. 수많은 시행착오를 겪으며 알게 된 완전 독서의 노하우와 완전 독서 덕분에 진정한 인생의 주인이 될 수 있었던 성장 스토리를 책으로 공유하고 싶어서 썼다.

취미 독서를 너머 제대로 된 독서로 인생을 바꾸고 싶은 사람, 내면에 결핍과 성장 욕구가 있지만 어떻게 시작해야 할지 모르는 사람, 현실에 안주하지 않고 더 큰 도전을 하며 나아가고 싶은 사람에게 내 이야기와 메시지가 도움이 될 거라 믿는다.

독서가 중요하다는 것은 많이들 알고 있지만 어떻게 읽어야 하는지, 어떻게 하면 안 되는지를 아는 사람은 별로 없다. 부디 나의 경험을 발판 삼아 새로운 눈으로 책을 제대로 만나기를 바란다. 소중한 당신의 독서가 달라지길 바라는 마음으로 지금부터 나의 이야기를 시작한다.

contents

CHAPTER 1

나는 왜 10년째 그대로일까?

CHAPTER 2
읽기만 하는 바보가 되지 마라

CHAPTER 3
탄탄한 독서 내공은 세 번 읽기에 달려 있다

CHAPTER 4
읽고 쓰고 실천하는 3단계 실용 독서법

CHAPTER 5

삶을 바꾸는 300퍼센트 독서를 실천하라

Chapter 1

나는 왜 10년째 그대로일까?

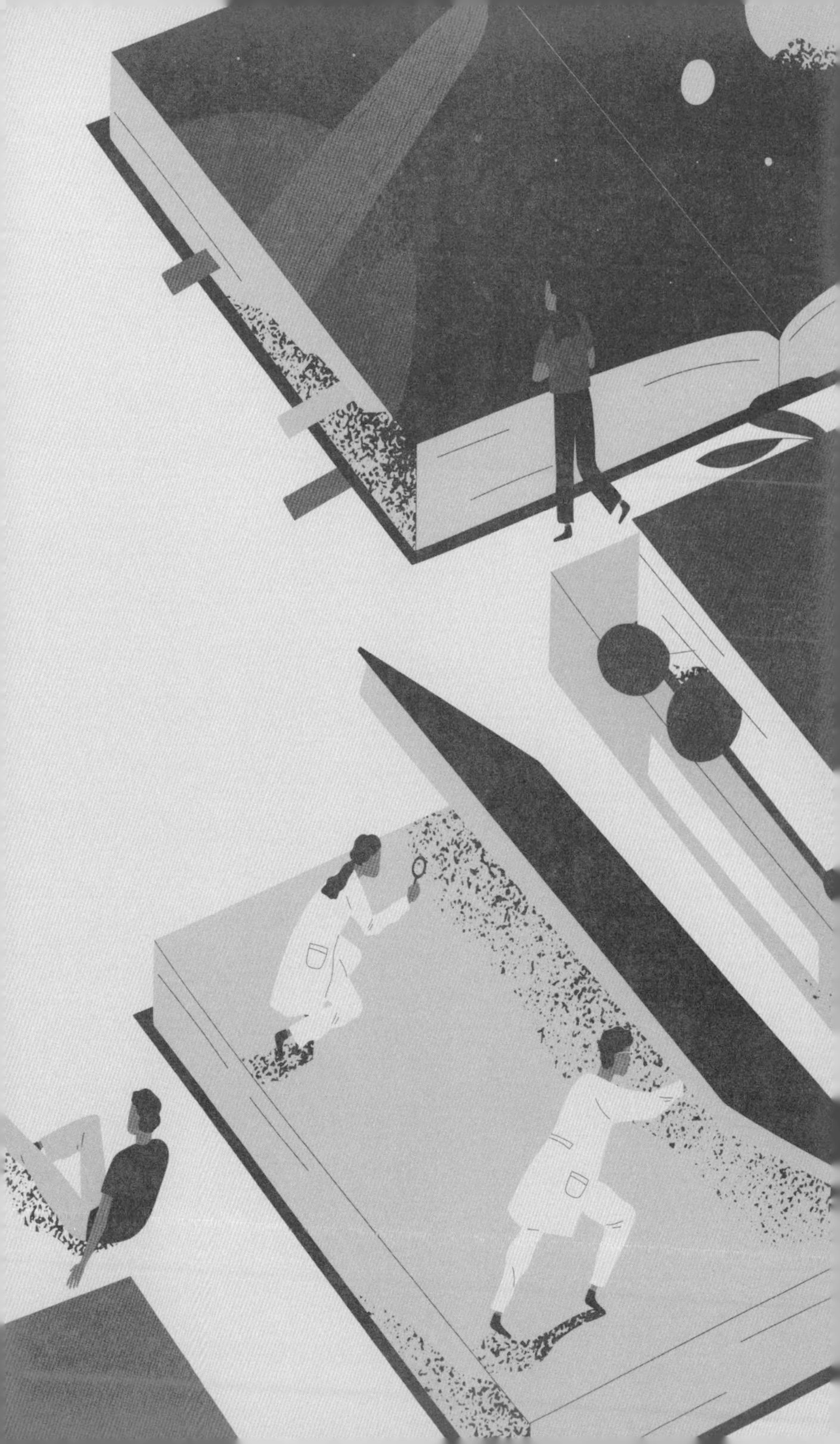

01

독서의 배신이 시작됐다

"3년 안에 1000권을 읽으면 누구나 작가가 될 수 있다."

이 문장 하나가 시작이었다. 오래전부터 '책 한 권을 쓰고 싶다'라는 소망이 있던 터에 이문열 작가의 이 희망적인 메시지가 내 눈을 번쩍 뜨게 했다. 내 평생의 소원은 글을 쓰는 작가가 되는 것이었다. 3년 안에 1000권을 읽으면 그 꿈이 이루어진다니, 나에게 이보다 큰 동기 부여는 없었다.

책을 잘 읽고 싶어서 독서법에 대한 책을 먼저 읽기 시작했다. 나처럼 집중적으로 독서를 시작해서 자신만의 독서법을 정리한 작가들의 이야기를 볼 때면 일기를 보는 것처럼 재미있고 공감이 됐다. 책에서 알려준 대로만 하면 나도 어느 날 갑자기 기하급수적으로 독서력이 향상될 것 같았다. 누구나 이름만 대면 알 만한 훌륭한 작가가 될 것만 같았다.

3년 안에 1000권, 하루에 두 시간 정도만 꾸준히 읽어도 가능하겠다는 판단이 들었다. 게다가 나는 하루에 세 시간 이상도 독서를 즐기니 이 목표를 충분히 달성할 수 있는 안정권이라고 여겼다. 마침 휴직 기간이라 여유 시간도 많았고, 작가가 될 수 있는 전제조건이 평소 내가 좋아하고 즐기던 독서뿐이라니 강력한 동기 부여도 되었다. 행동으로만 옮기면 작가라는 꿈이 절로 이뤄질 것만 같았다.

하지만 한 가지 문제가 있었다. 내가 책에 제대로 집중할 수 있는 시간이 한정돼 있다는 것이었다. 나는 점심시간을 기준으로 컨디션이 하늘과 땅처럼 완전히 다르다. 새벽부터 오전까지는 머리가 매우 맑지만, 점심식사 후 한 시간 정도가 지나면 컨디션이 급격히 떨어진다. 자고 싶다는 생각이 온몸과 마음을 지배해서 기운도 없고 의욕도 사라진다. 오전과 오후의 에너지와 체력이 워낙 달라 종종 우스갯소리로 '나는 오전에만 살아 있는 사람'이라고 말할 정도였다.

내 컨디션에 맞춘 전략이 필요했다. 먼저 집중할 수 있는 시간을 최대한 확보하고자 기상 시간을 당기고 점심시간을 최대한 미뤘다. 새벽 6시쯤 일어나고 점심은 1~2시에 먹었다. 그랬더니 오전만 보내고도 하루를 다 보낸 것 같은 기분이 들었다. 보통 사람들이 본격적으로 하루의 일과나 일을 시작하는 9시쯤이 나는 하루 중 1부를 마치고 2부를 시작하는 타이밍이었다.

모든 일과의 우선순위를 독서에 두기로 했다. 직장 생활 10여 년 만에 처음으로 갖는 휴식기이자 여유 시간이라 악기를 배우거나 운동을 하는 등 하고 싶은 일이 많았지만, 내 인생에서 정말 중요한 것은 독서라고 여겼기에 오전 시간은 오롯이 책을 읽는 데 투자하기로 했다. 아침 시간을 최대한 활용하고 그 외의 자투리 시간에도 틈틈이 책을 읽다 보니 머지않아 하루에 책 두 권도 볼 수 있게 되었다.

그러던 어느 날이었다. 가까운 지인이 "그렇게 많이만 읽으면 안 좋을 것 같은데……"라고 말하는 게 아닌가. 갑자기 가슴이 쿵 내려앉았다. 그때는 바야흐로 한 권씩 읽을 때마다 독서 노트에 늘어나는 번호를 보는 맛에 빠져 있을 때였다. 휴직으로 쉴 때 책을 바짝 읽어야 한다는 생각에 사로잡혀 있었다. 게다가 그즈음 한쪽 눈이 침침해지고 있던 차에 그런 말을 들으니 덜컥 겁이 났다. 라식한 눈이라 각별히 조심을 해야 하는데, 시술 전부터 좋지 않았던 왼쪽 눈의 시력이 나빠지고 있었다. 멀리 있는 간판을 보며 양쪽 눈을 번갈아 가려 보니 왼쪽으로만 볼 때는 확연히 글씨가 뿌옇게 보였다.

그 순간 두려웠다. 독서량을 달성할 목적에 무리하게 욕심을 내다 눈을 상하게 하는 것 같았다. 결국, 대수롭지 않게 넘길 수도 있었던 지인의 한마디 말과 왼쪽 눈의 시력 악화가 겹쳐진 순간 순식간에 책과 멀어졌다. 굳은 결심으로 시작한 나의 독서 여정은 날개를 펴고 멀리 가 보기도 전에 풀썩 꺾이고 말았다.

사실 나의 휴직 사유는 '난임'이었다. 휴직하기 전부터 인공수정에 내리 실패하고 휴직 이후에는 시험관 시술을 받았다. 시험관은 인공수정보다 준비 기간도 길고 많은 노력이 필요하다. 그럼에도 실패로 끝나면 허탈한 마음이 들기도 했고, 한편으로는 그동안 갇혀 있던 생활이 끝났다는 생각에 해방감이 느껴지기도 했다. 임신이 실패로 끝나면 집 안에 우두커니 있는 것보다 밖에 나가서 바쁘게 몸을 움직이는 것이 기분 전환에 도움이 됐다. 그러다 보니 나는 어느 순간 독서는 뒷전이고 운동에만 매달리고 말았다. 독서도 습관이나 규칙적인 일상과 같은 흐름이라 한번 멈추면 다시 시작하기 어려운데 말이다.

휴직 2년 중 1년가량을 어영부영 흘려보냈다. 어느 날 '과연 이대로 살아도 될까?', '3년 안에 책을 1000권 읽고 작가가 되기로 한 건 포기할 거야?'라는 마음의 소리가 들렸다. 나는 주어진 일을 열심히 하기는 하지만, 한번 시작한 일을 끝맺음하는 힘이 부족했다. 잘하고 싶은 욕심과 배움에 대한 열정이 있어 패기 있게 시작하지만, 항상 마무리가 잘 되지 않았기에 이번에는 힘들어도 제대로 해 보자고 생각했다. 정신을 가다듬고 다시 도서관부터 다니기 시작했다.

머리와 가슴속에 '3년'과 '1000권' 두 단어를 깊이 새겼다. 이제 두 번 다시는 이러저러한 일로 중도에 포기하지 않겠다고 다짐했다. 일전에 한번 부침을 경험했기 때문인지 웬만한 일에도 흔들리지 않았다. 눈 건강 걱정도 일단 접어 두었다. 남은 기한 내에 1000권을 읽기 위해 나는 닥치는 대로 책을 읽어 나갔다.

주말에도 시험을 준비하는 수험생처럼 식사 시간, 예배 시간 외에는 도서관 열람실에서 살다시피 했다. 방학에는 아침 7시부터 밤 10시까지 책만 보면서 '한 달에 100권 읽기'에 도전했다. 열심히 책을 읽고 있다는 사실 자체가 나에게 뿌듯함과 위안을 줬다. 복직 후에는 출근 시간인 8시 반 전에 매일 100쪽 읽기를 목표로 책을 보았다. 퇴근 후에도 3년 안에 1000권이라는 목표치를 달성하려고 노력했다.

점차 3년이라는 기한이 다가올수록 마음이 급해졌다. 시간이 오래 걸리는 책을 피하고자 어린이용 그림책을 보기 시작했다. 어린이 도서는 권수를 채우기에도 좋고, 읽을 때도 부담이 없었기 때문이다. 목표를 달성해야만 한다는 초조함으로 시작해 어느덧 나는 권수에 집착하기 시작했다. 비록 어린이 도서이고 그림책이라도 내 마음을 울리거나, 하나라도 깨달으면 된다는 자기합리화를 하면서 말이다.

2015년 3월 1일에 시작한 '3년간 1000권 읽기' 미션은 2018년 1월 21일부로 기나긴 대장정을 마쳤다. 다행히 데드라인이 다가올수록 목표 수행에 열을 올린 덕분에 예정보다 조금 일찍 마칠 수 있었다. 아, 이 얼마나 기다리던 순간인가! 3년 안에 1000권 읽기를 해냈으니 나는 이제 작가가 될 자격을 갖추었다. 그러니 이제 쓰기만 하면 된다!

1000권을 읽어 내면 신기한 일이 저절로 일어날 줄 알았다. 뇌가 혁신적으로 변하고 책장을 빠르게 넘겨도 내용의 흐름과 핵심을 파악해 내는 능력이 저절로 생길 줄 알았다. 누적된 독서량 덕분에 신들린 듯이 글을 써 나갈 수 있을 줄 알았다. 나는 내가 정말로 '천재'가 될 줄 알았다. 특히 이 목표를 달성하면 적어도 속독만큼은 저절로 될 줄 알았다. 하지만 나는 여전히 책 한 권을 읽는 데 많은 시간이 필요했다. 갑자기 아이디어와 영감이 떠올라 글을 미친 듯이 써 내려가는 기적 따위는 일어나지 않았다.

3년을 인내하며 끝까지 목표 달성을 할 수 있었던 것은 나의 삶이 긍정적이고 놀랍게 변할 것이라는 일말의 기대가 있었기 때문이다. 예상대로라면 분명 획기적인 변화가 일어나야 한다. 나비의 작은 날갯짓이 큰 날씨 변화를 일으킨다는 나비효과처럼 말이다. 하지만 안타깝게도 내게는 아무 일도 일어나지 않았다. 누군가가 나를 1000권을 읽은 사람이라고 갑자기 알아주는 일도 없었고, 내가 나의 변화를 인식하고 놀라워하고 감격하는 일도 없었다.

이게 아닌데, 라는 생각이 들었다. 문득 책에서 말한 내용이 의심스러웠다. 나는 3년 안에 1000권을 읽으면 작가가 될 수 있다는 문구를 신념처럼 믿었다. 이 목표를 달성하려고 소중한 나의 휴식 시간을 아낌없이 투자했다. 남들이 주말에 즐겁게 드라이브를 갈 때 나는 도서관에서 살다시피 했다. 맛집 투어를 좋아하는 내가 먹는 시간도 아까워 끼니를 거르며 책을 읽기도 했다. 연이은 새벽 기상으로 잠이 부족해서 머리가 깨질 듯이 아파도 그날 읽기로 목표한 분량은 반드시 채웠다. 심지어 난임 시술을 받으러 병원에 갈 때도 읽을 책을 챙겨 가서 틈틈이 읽었다. 눈 건강이 염려됐지만 흔들리는 차 안에서도 끝까지 책을 붙잡고 놓지 않았다. 미련하리만큼 열심히 책을 읽었다.

물론 책을 읽은 시간 자체를 후회하지는 않는다. 목표에 집중한 순간만큼은 행복했으니까. 하지만 나는 인정해야 했다. 믿었던 독서에 배신당했음을. 그리고 나의 독서가 분명히 잘못되었음을 말이다.

나는 피 같은 3년을 큰 성과 없이 보내고 나서 절실히 깨달았다. 독서에서 중요한 것은 책을 여러 권 속독하듯 빠르게 읽어 내는 속도나 1000권이 넘는 방대한 양의 독서량이 아니었다. 내가 책을 읽어서 이루고자 하는 목적에 맞게 방향을 설정하고, 책에서 얻은 정보나 지식, 깨달음과 지혜를 실질적인 실천이나 행동 변화로 연결해야 했다.

한마디로 나는 책을 정말 열심히 읽었지만 제대로 생산적으로 읽지 않았다. 그저 활자를 읽어 내는 데 집중했지, 진심을 다해 느끼고 받아들이고 행동하지 않았다.

나는 보기 좋게 독서에 배신을 당했다. 많은 시간과 노력을 쏟았지만, 그 유한한 시간과 눈물겨운 노력은 안타깝게도 다시 회수할 수 없다.

앞에서 언급한 과거의 나처럼 독서라는 행위 자체에만 매달리며 효율 없는 독서를 하는 사람들, 책 읽기를 좋아하지만 어떻게 해야 제대로 읽고 내 것으로 만들 수 있을지 몰라 막막한 사람들, 작가가 되고 싶어서 독서라는 선행학습을 열심히 했지만 그다음 행동으로 옮겨 가기 어려운 사람들에게 알리고 싶다. 이제 무작정 열심히 말고 제대로 읽고 성장할 수 있는 내실 있는 독서를 해야 한다고.

밑 빠진 독에 물을 붓는 독서를 하고 있지 않은가? 그렇다면 이제 당신의 독서는 달라져야 한다. 나의 소중하고 유한한 시간을 제대로 살뜰히 사용해야 한다.

믿는 독서에 발등을 찍힐 것인가, 아니면 완전 독서로 인생을 바꿀 것인가. 전자를 겪어 본 나는 후자의 주인공이 되고 싶다. 그것이 내가 지금 이 책을 쓰고 있는 이유이고, 당신이 이 책을 읽는 이유다.

02

그동안 읽은 책은 어디로 갔을까?

"메이플 시럽 좀 뿌려 줘."

어제 저녁 후식으로 플레인 요거트를 먹었다. 나는 단맛을 별로 좋아하지 않아서 요거트도 플레인을 즐겨 먹는데, 어제는 입맛이 유난히 시큼해서 남편에게 시럽을 부탁했다.

달콤한 시럽 맛을 보는 순간, 캐나다에 얽힌 기억들이 떠올랐다. 한입에 반한 메이플 도넛, 명랑하고 쾌활한 홈스테이 주인아주머니, 햇살이 잘 드는 따뜻한 테라스와 도도한 회색 고양이 등이 슬라이드 영상처럼 빠르게 스쳐 지나갔다.

작년 5월에 머물렀던 캐나다에 대한 추억이 1년이 다 돼가는 지금도 문득문득 떠오른다. 해외에서 한 달간 머문 것도, 일반

숙소가 아닌 가정집에 머문 것도, 모두 처음 해 보는 경험이었는데 그때 받은 인상이 워낙 강렬했던 것 같다.

중학교 2학년 여름에 교회에서 버스를 타고 수련회를 갔다. 빗속을 달리던 버스가 왼쪽으로 급히 돌더니 갑자기 옆으로 퍽! 하고 쓰러졌다. 빗길에 미끄러진 것이다. 나는 순간 앞에 있는 손잡이를 두 손으로 꽉 붙잡았다. 몸이 왼쪽으로 90도 기울면서 잠시 공중에 떴다.

다행히 크게 다치지는 않았지만 내 앞자리에 있던 언니는 창가에 얼굴을 기대고 자다가 버스 창문이 깨지는 바람에 이마가 찢어졌다. 나는 소식을 듣고 달려온 엄마한테 큰 소리로 "엄마, 나 괜찮아"라고 말했다가, "그렇게 티 나게 말하면, 다친 아이 엄마들 마음이 어떻겠니?"라는 말을 들었다. 사고가 났던 순간과 엄마와 나눈 대화가 지금까지도 생생하게 기억난다. 그만큼 그 일이 강렬한 기억으로 남아 있다.

처음으로 키운 토끼는 갈색이었다. 손바닥 위에 올려도 될 정도로 아주 작은 새끼 토끼였다. 토끼를 사 온 날이 결혼기념일 주간이라 남편과 외식을 계획했는데, 나는 토끼를 차에 두고 가는 것이 걱정돼 집으로 곧장 가자고 했다. 하지만 남편이 그래도 특별한 날이니 밥은 먹고 가자고 해서 토끼를 차에 홀로 둔 채 식당에 다녀왔다.

급히 밥을 먹고 토끼를 집으로 데려와 토끼집을 설치했다. 토끼를 가까이 보고 싶어서 꺼내 놓고 계속 쓰다듬었다. 그토록 좋아하던 토끼를 집에서 종일 볼 수 있어서 무척 신기했다. 아침에 눈을 뜨자마자 살금살금 거실로 나가서 토끼를 살펴봤다. 토끼는 소리에 민감하다기에 낮에도 최대한 조용히 생활했다.

일주일쯤 지나 주말여행을 가게 되어 위층에 사는 사람에게 토끼 밥과 물을 부탁하고 신안에 다녀왔다. 여행을 가서도 온통 토끼 생각뿐이었다. 집으로 돌아와 토끼를 꺼내 주니 캐리어 속으로 들어갔다가 나오고 비닐 뭉치로 장난치며 분주하게 움직였다. 그때까지만 해도 별일 없이 건강한 줄로만 알았다.

하지만 그렇게 활발하던 토끼가 저녁 무렵부터 이상했다. 묽은 똥을 싸기 시작하더니 밥도 먹지 않고 가만히 웅크려 있었다. 새끼 토끼가 설사하는 것은 매우 위험한 신호다. 이대로 두었다가 토끼를 잃을까 겁이 났다.

토끼를 다루는 동물병원을 급히 검색한 끝에 한 곳을 발견했다. 토끼를 작은 상자에 넣고 진찰을 받으러 갔다. 주사를 맞히고 약을 먹인 후 꽤 큰 금액의 진찰비를 내고 집으로 돌아왔다. 토끼는 오가는 길에 더 지쳤는지 집에 와서는 더 기운 없는 모습으로 밥통 위에 웅크렸다. 그리고 그날 밤, 토끼는 우리 집에 온 지 불과 열흘 만에 무지개다리를 건너고 말았다.

너무 무섭고 슬펐다. 토끼에게 잘해 주지 못한 일들이 떠올랐다. 처음 토끼를 데려온 날 식당에 간 일, 여행 간다고 남의 손에 맡긴 일, 적응 기간 없이 초반부터 만진 일 등이 모두 생각나며 후회됐다. 무엇보다 소중한 생명에게 너무 미안했다. 나를 만나지 않았더라면 더 오래 살 수 있지 않았을까? 환경이 바뀌어 낯설었을 텐데 내가 섬세하게 보살피지 않아서 스트레스를 받아 면역력이 약해진 것은 아닐까? 온갖 생각이 다 들었다. 토끼 사료 값 걱정을 한 것도 떠올라 마음이 괴로웠다.

갈색 토끼와 함께 지낸 시간은 열흘도 채 되지 않았지만 함께한 기억이 워낙 강렬하고 이별의 충격도 커서 한동안 헤어나오지 못했다. 남편만 보면 "뭉치야……"라고 외치며 떠난 새끼 토끼를 오랫동안 그리워했다. 그 후로 한 달 넘게 우울증에 걸렸다. 생각만 해도 주르르 눈물이 났다. 그때 만나고 헤어진 뭉치는 지금도 내 가슴속에 여전히 살아 있다.

캐나다에서 한 달 동안 머문 일, 중2 때 겪은 교통사고, 처음으로 키웠고 떠나보낸 갈색 토끼 뭉치. 서로 아무 연관도 없는 과거사를 이토록 장황하게 늘어놓은 이유는 우리가 겪은 경험 중 유달리 오래가는 기억이 있다는 말을 하기 위해서다. 특히 새로운 곳에서의 낯선 경험, 뜻밖의 교통사고, 소중한 존재와의 이별 등 강렬한 경험일수록 뇌를 깊이 자극해 기억에서 오래도록 사라지지 않는다.

반면에 책을 읽는 것은 '간접경험'이기에 이러한 직접경험보다는 뇌를 덜 자극한다. 그래서 책은 눈으로 읽기만 하면 내용이 머리에 인상 깊게 남지 않는다. 책을 읽은 뒤에는 생각하기, 기록하기, 실천하기 등의 노력으로 책의 내용을 한 번 더 인식하고 체화하는 작업이 꼭 필요하다.

그동안 내가 읽은 책을 어림잡아 보니 약 1500권이 된다. 많은 양이다. 하지만 줄이고 줄여서 단 100권이라도 나에게 제대로 남아 있을까? 그 질문에 '예스'라고 말할 자신이 없다. 그렇다면, 내가 그동안 읽은 책은 모두 어디로 갔을까?

뱃속의 아기가 엄마에게 양분을 받아먹고 자라듯 사람은 책을 읽고 성장한다. 사람이 성장하지 않았다면 둘 중 하나다. 책을 읽지 않았거나 읽긴 했는데 '제대로' 읽지 않은 것이다. 나는 책을 좋아했고 나름대로 열심히 읽었지만, 제대로 내 것이 되게 읽지는 않았다. 한 번 읽고 다시 펼치지 않은 책이 대부분이었고, 책을 읽은 뒤 생각하거나 기록하거나 실천하는 일도 거의 없었다. 나의 지난한 독서 인생을 돌아보며 내가 후회하는 것은 다음 두 가지다.

첫째, 나는 어려서부터 책을 가까이하지 않았다. 애석하게도 어린 시절의 나는 책에 관심이 없었다.

둘째, 읽기는 했으나 '제대로' 읽지 않았다. 나는 그냥 '열심히'만 읽었다. 하지만 책은 그냥 읽는 것이 아니라 제대로, 생산적으로 읽어야 한다.

나는 열정 하나만큼은 자신 있다고 자부하는 사람이었지만, 효율적인 방법을 몰라 많은 길을 돌아왔다. 나름의 목표를 세우고 달렸음에도 근시안적으로 보고 달리는 바람에 소중한 시간과 에너지를 허비했다.

사람은 후회하는 존재이기에 고등동물이 될 수 있다고 한다. 이전의 경험에서 후회되는 일이 있다면 거기서 얻은 깨달음으로 다시 시작하면 된다. 하지만 당신은 나처럼 먼 길을 돌아가지 말고 제대로 가기 바란다. 강렬했던 나의 체험들처럼 오랫동안 각인되는 독서, 그러면서도 알맹이를 남기는 진짜 독서를 하길 바란다.

이 책을 쓴 이유도 그것이다. 내가 어떤 시행착오를 겪으며 책을 읽었는지, 책을 제대로 읽고 성장하고자 어떤 노력을 했는지 알리기 위해 썼다. '똑똑한 사람은 실수로부터 배우고 현명한 사람은 다른 사람의 실수로부터 배운다'라는 말이 있다. 나의 경험과 깨달음을 발판 삼아 쉽고 빠른 길로 갈 수 있길 바란다.

03

당신이 10년째 그대로인 이유

"여러분, 합격만 시켜주면 새벽 5시에도 출근할 수 있죠?"

임용고시 준비로 인터넷 강의를 듣다가 이 말이 귀에 확 꽂혔다. 나는 순도 100퍼센트 진심을 담아 속으로 "네!"라고 크게 외쳤다. 사막을 걷다가 오아시스를 만난 것처럼 눈이 빛났다. 당시 강사가 한 말 중 기억에 남는 다른 한 가지는 "새끼 오리, 오리 새끼"다. 강사는 로렌스의 각인 이론을 설명하면서 이 말을 반복했는데, 욕인지 농담인지 모를 이 말을 듣고 있으니 웃음이 나왔다. 최근 동네 호수에서 오리 떼를 보며 나도 모르게 저 말을 하는 것을 보고 흠칫 놀라기도 했다. 새벽 출근 이야기도 새끼 오리 이야기도 지금은 웃으며 말할 수 있지만, 당시 내가 처한 상황은 어두웠다.

IMF 여파로 우등생들이 교대에 워낙 많이 몰렸던 데다가, 1년 선배 중 임용고시에서 떨어진 사람이 많아 임용고시 합격문이 더 좁아졌다. 전에는 교대에 들어가기만 하면 거의 발령을 받았는데, 갑자기 내가 대학을 졸업하기 1년 전부터 상황이 나빠졌다. 이번에 떨어지면 1년 후배들과도 경쟁해야 하고, 다시 시험을 본다 해도 합격한다는 보장이 없으니 무조건 붙어야 했다.

대학만 들어가면 끝인 줄 알았는데 수능을 본 지 4년 만에 전과 같은 상황이 벌어졌다. 수능이 임용고시로 바뀌었을 뿐, 나는 다시 수험생이 된 것이다. 학습량도 방대해 아무리 외워도 시간이 지나면 머릿속에서 순식간에 빠져나갔다. 과연 시험 보는 날까지 이 모든 것을 기억할 수 있을지 의문이었다. 임용고시를 재수한다고 말하기도 부끄러울 것 같아서 처절하리만큼 간절한 마음으로 공부하고 또 공부했다.

"축하합니다. 합격하셨습니다."

합격 소식을 전화로 확인한 그 순간과 장소가 박제된 듯 또렷이 기억난다. 작은아버지는 우리 집안에 선생이 한 명 나오는 것이 할머니의 간절한 소원이었다며 굉장히 기뻐했다.

하지만 이상과 현실이 다르듯 학교의 현실도 내가 꿈꾸던 이상과 딴판이었다. 교생실습을 했을 때와 달리 내가 담임이 되었을 때는 업무량도 많고 책임감도 컸다. 교실 환경 꾸미기, 업무 처리, 학생 지도, 학부모 상담 등 겹겹이 쌓인 일 중 어느 것 하나 만만한 게 없었다. 4년간 교대에서 배운 내용이 무용하다고 여겨질 정도로 많은 것들이 낯설고 새로웠다.

특히 3월은 어찌 그리 매일같이 할 일이 생겨나는지 아무리 해치워도 일이 끝날 기미가 보이지 않았다. 새로운 환경에 적응하려니 체력도 많이 달렸다. 기진맥진한 상태로 오후를 버텼고, 집에 가서는 옷을 갈아입을 기력도 없이 쓰러졌다. 당시 드라마 〈대장금〉을 즐겨보곤 했는데, 그 좋아하던 대장금이 시작하는 밤 10시까지 기다리지 못하고 기절하듯 잠이 들곤 했다.

합격만 하면 새벽에도 출근하겠다던 불꽃같은 의지는 3월이 가기도 전에 사라졌다. 그래도 10년쯤 지나면 모든 것이 나아지리라 기대했다. 경력이 쌓이는 만큼 수업 기술과 업무 능력이 좋아질 것이라고 굳게 믿었으니까.

돌이켜보면 당시 나는 꿈이 없었다. 취업과 동시에 꿈을 이뤘다고 생각하며 꿈이 곧 직업이라고 생각했지만, 10년 후 바라는 내 모습에 '직업인으로서의 나'만 있고 '내 삶의 주인공으로서의 나'는 빠져 있었다.

대학원 진학도 남이 하라는 대로 했다. 나중에 승진할 것을 대비해 미리 대학원을 다녀오라는 교감 선생님의 말씀과 이미 대학원에 다녀온 친구의 추천을 듣고 대학원에 갔다. 적성에 맞는 음악교육과를 들어가서 피아노 개인지도도 받고 클래식을 감상하기도 했지만, 이 두 가지 외에는 별로 남는 것이 없다.

승진 준비도 마찬가지다. 연구대회에 관심이 없었는데 옆 반 선생님이 본인이 준비하던 연구대회 계획서를 주며 사정상 본인은 계속할 수 없으니 나보고 해 보라고 했다. 얼결에 이어받았으나 방법을 몰라 헤매다가 간신히 계획서를 제출했고, 놀랍게도 3등급을 받았다. 연구대회는 비록 준비 기간은 힘들었지만, 출품 후에 등급을 받으며 경력이 하나씩 늘어가는 맛이 있었다. 꾸준히 하면 연구점수를 쌓아서 선배들이 말하는 승진 궤도에 올라가리라 생각했다.

경력 7년 차에는 대전에서 1등급을 받아 우수 사례 강의를 다니게 되었다. 나는 내가 비로소 능력 있고 멋진 교사가 되었구나, 하고 생각했다. 하지만 경력 10년 차에 세 번째 학교로 이동한 뒤에야 내가 그동안 얼마나 스스로를 과대평가하며 살았는지 뼈저리게 알게 되었다.

세 명이 하던 일을 혼자서 감당하려니 남들보다 한 시간 일찍 출근해서 저녁에 늦게 퇴근하면서도 신규처럼 버둥댔다. 맡은 업무를 잘해 내는 것은 당연한 일이었고, 힘들다고 하소연할 사람도, 고생한다고 알아주는 사람도 없었다. 설상가상으로 학부모 민원과 관리자가 주는 스트레스 때문에 당장이라도 학교를 벗어나고 싶었다. 그동안 애쓰면서 꾸려온 각종 연구대회 입상 경력과 지도교사 입상 경력이 한낱 휴지 조각처럼 느껴졌다.

나는 그동안 내가 부쩍 성장한 줄 알았는데 가만 보니 여전히 제자리걸음이었다. 신규 때 바라던 10년 후의 내 모습, 노련하고 능숙한 교사의 모습은 어디서도 찾아보기 어려웠다. 대학원 진학도 승진 준비도 누구보다 열심히 해 왔고, 그 길이 나를 위하는 길이라고 철썩같이 믿었다. 하지만 나는 여전히 신규 시절과 크게 다를 바 없는 모습으로 아등바등 참고 버티며 살고 있었다.

2014년, 힘든 시기를 극복하고자 본격적으로 책을 만나고부터 조금씩 내 삶에 문제의식을 가지기 시작했다. 어려서부터 가르치는 것을 좋아했고, 교사로 평생 살아가는 게 내 삶의 목표이자 전부라고 생각하던 내게 어느 날 책이 물었다.

'그래서 지금 행복해?'

'그렇게 열심히 해서 승진하고 교장이 되는 것이 네가 정말 바라는 일이야?'

'학교에서 평생 교사로 지내는 것으로 만족해?'

이 질문은 계속해서 내 마음을 두드렸고, 내 대답은 언제나 '노'였다. 마음이 먼저 답을 알았다. 이 길로만 가면 된다고 믿어왔는데, 지금 와서 아니라는 생각이 드니 불현듯 깊은 회의감이 느껴졌다.

나는 취업이 끝이라고 생각했기에 교사가 된 후로 별다른 목표 의식이나 꿈 없이 살았다. 이제는 힘들게 공부하지 않아도 된다는 사실 그자체가 좋아서 책도 공부도 모두 내려놓았다. 본격적으로 교사 생활을 시작하고 나서부터가 합격이 목적이 아닌, 진짜 나를 위한 공부를 시작하기 딱 좋은 때였는데도 말이다.

취업 이후의 삶을 한 번도 진지하게 고민하지 않았던 이유는 책을 제대로 읽은 적이 없기 때문이다. 그때부터 내 삶을 개척해 나갈 수 있는 독서를 해 왔다면, 나의 중심과 기준 없이 남들이 하라는 대로만 하고 살지는 않았을 것이다.

당신은 어떤가? 당신도 혹시 나처럼 사회적 기준이나 남들이 가는 길만 좇으며 살고 있지 않는가? 명확한 꿈이나 비전 없이 현실에 안주하며 머물러 있지는 않은가? 자신의 생각과 의지대로 살지 않는다면 당신도 나처럼 10년이 지나도 똑같은 자리에 머물러 있을 것이다.

부디 당신은 10년째 그대로였던 나보다 시간을 아꼈으면 한다. 3년 뒤, 5년 뒤, 10년 뒤의 자신이 조금이라도 성장해 있기를 바란다면 지금부터 단단한 자신의 중심을 지키고 바로 세우자. 마음의 소리가 묻는 질문에 명쾌한 '예스'를 할 수 있는 그날까지.

04

나는 취미 독서를 후회한다

어린 시절 우리 집에는 전집이 두 질 있었다. 《안데르센 · 그림 동화집》과 《컬러 학습 대백과사전》이었다. 부모님이 방문 판매원에게 산 두 전집은 영락없는 장식용이었다. 나는 한 번도 그 책을 읽어야겠다고 생각하지 않았다. 부모님이 직접 책을 읽어 주거나 읽어 보라고 권유했다면 관심을 가졌을 수도 있었지만, 두 분 모두 나에게 책을 좀 보라는 소리는 하지 않았다.

어느 날, 갑자기 호기심이 들어 《컬러 학습 대백과사전》을 펼쳤다. 우연히 뱀 사진이 있는 페이지를 펼쳐 보았고, 까무러치게 놀라고는 백과사전을 두 번 다시 건느리지 않았다. 가끔 집에 놀러 오던 친구는 돌아갈 때마다 《안데르센 · 그림 동화집》

을 몇 권씩 빌려가곤 했는데, 나는 그 딱딱한 책이 뭐가 좋아서 읽는지 모르겠다고 생각했다.

책을 재미있다고 여기게 된 것은 중학교 2학년 때였다. 학급문고에 있는 대우그룹 김우중 회장의 《세계는 넓고 할 일은 많다》라는 책을 반장의 추천으로 읽었다. 역경을 딛고 일어난 이야기, 삶을 회고하는 이야기 등이 가슴에 와닿았다.

그 일을 계기로 나는 책에 관심을 두기 시작했다. 당시 막내 이모가 금성출판사를 다니며 책을 파셨는데, 엄마는 이모 책을 팔아줄 겸 60권짜리 《세계 문학 전집》을 사 주었다. 우리 집에 들어온 세 번째이자 마지막 전집이다. 호기심에 몇 권을 꺼내 읽어 보다가 방학이 되어서는 본격적으로 읽었다. 밤늦게 《파우스트》를 읽었는데 애인을 위해 자신의 영혼을 악마에게 파는 여자의 모습에 감동하여 눈물을 흘리기도 했다. 친구 덕분에 자발적 독서를 시작한 나는 이렇게 문학 서적을 읽으며 책과 조금 가까워졌다. 하지만 안타깝게도 실천이 지속되지는 않았다.

독서가 꾸준히 이어진 적은 없었지만, 매년 써내는 자기소개서의 취미 칸에 으레 '독서'라고 적었다. 마땅히 쓸 말이 없어서 보편적이면서도 가장 좋아하는 것을 적은 것 같다. 당시 내 진짜 취미는 피아노 연주였는데도 말이다.

초등학교에 입학하면서 피아노를 치기 시작하여 중학교 2학년까지 꾸준히 배웠다. 밖에서 친구들이 "은이야, 놀자~"라며 내 이름을 부를 때 나는 피아노 의자에 앉아 엄마의 눈치를 보며 억지로 피아노 연습을 하곤 했다. 엄마는 피아노를 칠 줄 알았고 가르쳐 본 경험이 있었기에 아무리 멀리 있어도 내가 제대로 연습을 하는지 안 하는지를 단박에 알았다. 아무리 치기 싫어도 귀가 예민한 엄마에게 혼이 날까 봐 대충 칠 수도 없었다. 게으름을 피우거나 같은 곳을 자꾸 틀리면 어김없이 따끔한 등짝 스매싱이 날아왔다.

당시 내 장래 희망인 '피아니스트'는 엄마가 정한 꿈이었다. 종일 피아노 앞에 앉아 있기에는 내 열정과 인내가 턱없이 부족했다. 조금만 연습해도 어깨와 허리가 아프고 몸이 근질거려 피아노 의자에서 내려오고 싶을 때가 많았다. 평생 피아노를 치며 살 자신은 더욱더 없었다. 중학교 3학년 때 대전으로 이사하면서 피아노 선생님을 구해야 했는데, 이 기회에 내 마음을 확실히 표현해야겠다고 생각해 엄마에게 선포하듯 말했다.

"엄마, 저 도저히 피아노 전공은 못 하겠어요. 그냥 공부만 할래요!"

그 일로 내 인생에서 피아노 개인지도는 막을 내렸다. 8년간 진짜 취미였던 피아노와 결별한 것이다.

중3 때 친한 친구들끼리 돌아가면서 집에 놀러 가곤 했다. 그때 나는 서재가 있는 집을 처음 보았다. 방 하나가 책으로 가득

차 있었고, 교과서에서 글로만 보던 《목민심서》를 비롯해 유명한 책들이 책장에 가지런히 진열돼 있었다. 본인 방 외에도 서재가 따로 있다는 것이 신기하고 부러웠다. 그때 자극을 받아 책을 가까이했으면 좋으련만 '이래서 얘가 공부를 잘하는구나'라고 생각하고 말았던 것이 아쉽다.

대학생이 되고부터는 학교 도서관을 즐겨 찾았다. 내가 다닌 공주교대 근처에는 특별히 갈 곳도 없어 도서관이 그나마 쾌적한 곳이었다. 교사로 발령이 난 후에도 학교 도서관을 애용했다. 구매 희망 도서를 조사할 때마다 서점과 인터넷을 꼼꼼히 뒤적이며 읽고 싶은 책 목록을 제출했고, 시내에서 볼 일이 있을 때는 서점에 꼭 들러 신간 서적이나 인기 서적 등을 살펴보곤 했다. 일요일마다 교회에 있는 작은 도서관에도 들러서 읽을 만한 책을 찾았다. 그때 만난 책 중 이미륵 저자의 《압록강은 흐른다》와 하시다 스가코의 《오싱》은 지금도 참 좋아하는 책이다.

책을 빌려 읽기만 한 것은 아니다. 처음 발령을 받아 학교 생활을 시작할 즈음에는 인터넷 서점에 가입해 책을 주문하기도 했다. 부모님이 사 주신 전집과 학교에서 쓰는 참고서 외에, 내가 직접 고르고 내 돈으로 책을 사 보기는 그때가 처음이었다. 아마도 사회생활 초창기인 당시가 책을 가장 열심히 샀던 때인 듯하다.

이렇듯 8년간 꾸준히 해 온 피아노가 진짜 취미였음에도 불구하고, 내 마음속 1순위로 꼽는 취미는 항상 독서였다. 비록 어린 시절에는 책을 거의 보지 않았고, 학창 시절에도 꾸준히 보지 않았지만 말이다. 대학생이 돼 독서를 향한 열정이 반짝 타오르던 시절도 있었지만, 독서를 단순히 취미로만 생각했기에 꾸준한 실천이나 습관으로 자리 잡지는 못했다.

독서는 취미 이상의 의미와 가치를 지닌다. 시간이 나거나 여유가 있을 때 하고, 바쁘면 우선순위에서 밀리는 취미 독서로는 제대로 된 배움이나 진정한 성장을 기대하기 어렵다. 진짜 독서는 시간이 '나서' 하는 게 아니라 시간을 '내서' 책을 읽는 것이다. 나는 독서를 단순히 취미로만 여긴 것을 크게 후회한다.

내가 생각하는 취미는 가끔 적당히 즐기는 활동이었다. 목적을 가지고 진지하게, 꾸준히 해내고 발전시키는 활동이 아니었다. 시간을 되돌릴 수만 있다면 틈나는 대로, 아니 시간을 무조건 내서 책을 볼 것이다. 방학마다 책에 푹 빠져 살면서 내 꿈과 미래에 대해 깊이 고민하고, 진짜 내가 바라고 원하는 모습을 구체화하고 상상할 것이다. 또한 '인생의 답은 책 속에 있다'라는 말을 깊이 새기며, 폭넓은 독서로 넓은 세상을 만나고 나만의 길을 찾을 것이다.

'독서가 곧 삶'이 되는 인생을 살고 싶다. 책을 온전히 내 것으로 소화하고 체화하는 '완전 독서'를 하면서 말이다. 소신 있게 직진하며 살고 싶다. 책을 읽고 나나운 성장을 거듭하면서 말이다.

앞으로 어떻게 살아가야 할까 고민하고 있다면, 지금보다 더 나은 모습으로 살고 싶다면 '취미 독서'가 아니라 '완전 독서'를 해야 한다. 그저 책이 좋아 시간이 나면 읽는 취미 독서에서 책의 내용을 인지하고 실천하고 활용하는 더 높은 단계로 나아가야 한다.

적당히 책을 읽는 취미 독서에 머무를 것인가, 제대로 책을 읽는 완전 독서로 나아갈 것인가. 이왕이면 전자가 아닌 후자가 되길 바란다. 소중한 당신의 독서는 달라야 하니까.

05

나중은 없다, 지금만 있을 뿐

"지금? 지금 하라고?"

남편한테 무슨 일을 부탁하면 꼭 되묻는 말이다. 남편은 정말 급한 일이 아니면 잘 미루는 편이다. 언젠가 친구가 "우리 남편은 집안일 하나를 부탁하면 바로 하지 않고 자꾸 미뤄서 답답해!"라고 말한 적이 있다. 그때는 남의 일이라 생각했는데 내 남편도 그럴 줄이야. 지금 바로 해 주기를 바라며 남편에게 무언가를 부탁하면 대답은 다음 셋 중 하나다.

"좀 이따 할게."

"좀 쉬었다 할게."

"나중에 할게."

이 중 내가 가장 싫어하는 말은 '나중에' 한다는 말이다. 인생을 살면서 나중으로 미뤘다가 낭패를 본 경험이 많기 때문이다.

중학생 때 검정 스타킹을 한데 모아 세숫대야에 담가 둔 적이 있다. 일단 물에 담갔다가 나중에 손빨래를 할 참이었다. 바로 빨기 싫어서 차일피일 미루다가 일이 터지고 말았다. 욕실에서 악취가 나기 시작한 것이다. 식구들이 이게 무슨 냄새냐며 불쾌해했다. 더러운 스타킹을 물에 너무 오래 담가 두는 바람에 물이 썩기 시작한 것이다. 그제야 나는 스타킹을 건져 내어 급히 빨았다. 언제 담갔는지 기억조차 나지 않는 불쌍한 스타킹을 말이다.

결혼을 앞두고 엄마랑 백화점으로 예복을 보러 다녔다. 나와 엄마는 옷을 보는 취향이 달라 옷을 같이 고르기가 쉽지 않다. 나는 무난하고 입기 편한 옷을 좋아하고 엄마는 특이하고 고급스러운 옷을 좋아한다. 게다가 결혼 예복이니만큼 두 사람 모두 평소보다 매서운 눈으로 옷을 둘러봤다. 평소에 가던 백화점 매장엔 엄마 마음에 드는 것이 없어서 더 큰 백화점으로 갔다. 다행히 그곳에는 두 사람 모두의 마음에 쏙 드는 옷이 있었다. 문제는 가격이었다. 아무리 결혼 예복이라지만 예산을 훌쩍 초과하는 가격을 보고 나니 살 수가 없었다.

엄마는 작심하신 듯 본인이 사 주겠다며 초록색 그러데이션이 들어간 하늘하늘하고 멋스러운 원피스와 맵시 나는 하얀 재킷을 손에 들었다. 내 평생 처음이자 마지막으로 고가의 옷을 갖게 된 나는 그 옷을 워낙 아낀 나머지 한 철에 세 번 이상은 입지 않았다. 학교에 갈 때도 비가 오지 않고 기온이 선선하며 체육 수업이 없는 날에만 입었다.

그렇게나 애지중지하던 옷을 어느 날 옷장에서 꺼내다가 깜짝 놀랐다. 원피스 오른쪽 겨드랑이 아래에 선명한 땀자국이 있는 것이다! 몇 번 입지 않았는데 세탁을 맡기기에는 아깝기도 했고, 입을 때마다 최대한 신경 써서 입었기에 괜찮을 줄 알았다. 그런 옷일수록 관리를 세심하게 잘해야 했는데 방심했다. 옷이 얼마짜린데 세탁비가 얼마라고 그랬을까. 집에서 세탁소까지 걸어서 단 몇 분이면 되는데……. 내가 제일 아끼던 그 옷은 처분하기도 힘들고, 소생시키기도 어려워 몇 년째 옷장에서 나오지 못하고 있다. 생각할수록 아까운 노릇이다.

친구들과 '언제 한번 만나자'라고 버릇처럼 말하면서도 1년을 넘게 만나지 못하는 경우가 있다. 대학 친구 단톡방은 방학이면 살아나는데 재작년 겨울에 만나기로 한 친구들을 아직도 보지 못했다. 여럿이 시간을 맞추기도 어렵지만, 꼭 이번이 아니라도 다음에 보면 된다는 생각에 같은 대전에 있으면서 1년에 한 번을 못 만나고 지나가곤 한다.

우표 작품 제작에 열을 올리던 때가 있었다. 요령이 없어서

편지 봉투에 비해 주소를 너무 크게 썼다. 해외용 우편물에는 한자나 영어를 써야 하는데 직접 손으로 쓸 자신이 없어서 컴퓨터로 출력해 붙였다. 전문가가 보더니, 주소를 쓴 종이가 너무 크다며 작게 고치라고 했다. 당시에는 돌아가서 얼른 고쳐야지, 라고 생각했지만, 집에 오자마자 시행하지 않다 보니 차일피일 미루다 그대로 방치했다. 벌써 5년 전의 일이다.

나중은 없다, 지금만 있을 뿐. 나중으로 미루는 순간 더 많은 힘을 주어야 실행할 수 있다.

반면에 지금 바로 행동하면 그 일은 가벼워지고 리듬을 타게 된다. 저절로 몰입이 된다.

차인표 씨가 〈집사부일체〉라는 TV 프로그램을 통해 보여준 '롸잇나우(Right now)' 정신은 매우 신선했다. 이 프로그램은 존경받을 만한 이력을 가진 인물이 사부로 나와 인생 선배이자 멘토로서 가르침을 주는 포맷이다. 출연진 중 이승기 씨가 조심스레 속초에 계신 할머니를 전역 후에 인사드리러 간다고 했는데 아직 못 갔다고 말하자 차인표 씨는 말이 끝나기 무섭게 "지금은 할머니께서 주무실 테니까 우리가 새벽 4시에 출발해서 할머니를 뵙고, 바로 재활 병원 공연장으로 갑시다. 어때요?"라고 제안했다. 대단한 행동력이었다.

인상 깊었던 그의 인생 지침이 떠오른다.

"내가 느낀 인생의 한 줄은 '내일이나 모레 하지 말고, 오늘, 지금 하자'다. 사랑도, 일도, 꿈을 이루는 것도, 미루지 말고 지금 하는 것이 인생이다."

차인표 씨와 마찬가지로 지금 바로 행동하는 '롸잇나우' 정신의 중요성을 알고 실천해온 사람이 있다. 바로 강수진 발레리나다. 평생을 발레리나로 살다가 현재 고국에서 예술 감독을 맡고 있는 그녀는 말했다.

"나는 내일을 믿지 않는다. 대신 오늘, 지금 바로 이 순간이 내가 믿는 유일한 것이다."

독서도 그렇다. 사람들은 시간이 없다고 말한다. 하지만 시간이 없어서 나중에 한다는 말은 평생 하지 않겠다는 말과 같다. 무언가를 하고자 한다면 시간을 '내서' 해야 한다.

'시간이 없다'는 말을 정확히 표현하면 '마음이 없다'인 경우가 많다. 책 읽기에 마음이 있다면 일과를 계획할 때 독서를 최우선 순위로 삼으면 된다.

나는 일상에서 조금씩 자연스럽게 행동력을 높여 나갔다. '어차피 할 거면 지금 하자'라는 말을 기억하며 모든 일에 임한다. 집안일을 할 때도, 학교 일을 할 때도 아침부터 우선순위를 정해 바로 해결한다. 무엇보다 오전에 중요한 일을 미리 처리해 놓으면 점심시간도 편안하고 오후도 한결 여유가 있어 좋다.

차인표 씨의 '롸잇나우' 정신에서 더 나아가 나는 '저스트두잇'(Just do it) 정신으로 행동한다. 특히 1분 안에 할 수 있는 일은 지금 당장 하는 것을 목표로 한다. '1분' 하면 짧은 것 같지만, 물티슈로 책상 닦기, 지인에게 문자 보내기 등 의외로 1분 안에 할 수 있는 일이 많다. 소소하지만 하고 나면 기분이 좋아지는 나만의 소확행이기도 하다.

'지금' 행동하지 않는 사람에게 '나중'은 오지 않는다. 아예 처음부터 나중은 없다고 생각하자. 지금 시간을 '내지' 않으면 평생 시간은 '나지' 않는다. 독서를 차일피일 미루고 있다면 그것은 바쁜 게 아니라 마음이 없는 것이다.

나중은 없다, 지금만 있다. 미루고 싶을 때마다 일단 외쳐보자.

Right now! Just do it!

06

내가 만난 책이 곧 나의 세상이다

'그 아이는 제발 전학 갔으면 좋겠다.'

'그 아이만 없으면 우리 반 분위기가 확 달라질 텐데…….'

첫 학교에서 4학년 담임을 했을 때 남학생 한 명이 소위 문제아였다. 그 아이만 생각하면 마음이 불편했다. 그 아이는 수업 시간에 엉뚱한 질문으로 흐름을 끊고, 분노 조절이 되지 않아 시도 때도 없이 화를 냈다. 평소보다 문제 행동이 유난히 심하던 어느 날, 나도 감정이 상할 대로 상해서 아이를 호되게 야단쳤다. 그 아이는 결국 그날, 친구를 때렸다.

당시 교감 선생님은 교내 장학에 남다른 열정을 가지고 전

교사의 수업을 보러 다녔는데, 하필 그날 일이 터졌다. 그 아이는 작심이라도 한 듯이 수업 시간 내내 이상한 질문을 했다. 평소 같으면 바로 자제시켰을 테지만, 뒤에 교감 선생님이 앉아 있어서 그럴 수 없었다. 수업 시간이 끝나기만을 간절히 바랐다. 당시엔 돌발 행동에 대처하는 노련함도 없었고, 그런 상황이 당황스럽기만 했다.

그날 오후 수업 협의회 시간에 교감 선생님은 여지없이 "아까 그 학생이 질문하는데 왜 계속 가만 놔뒀어요? 뭔가 조치를 해야 하는 거 아닙니까?"라고 했다. 올 것이 왔구나 싶었다. 하지만 그때의 나는 수업 시간에 제대로 대처하지 못했다는 스스로의 반성보다 그 아이를 원망하는 마음이 더 컸다.

두 번째 학교에서 5학년을 담임했을 때는 곤충에 유난히 집착하는 남학생을 만났다. 수업 시간에 거의 집중을 하지 않다가도 과학 시간에 동식물을 배울 때는 매우 적극적으로 참여했다. 집에서 따로 공부하는지 시험 성적은 우수했다. 문제는 여차하면 밖에 나가서 곤충을 관찰한다고 갑자기 사라지는 것이다.

그러던 어느 날 수업 시간에 교실 밖으로 아이가 나갔고, 나는 찰나의 사이에 다른 아이에게 집중하느라 아이가 나가는 것을 보지 못했다. 밖에 나와 있는 아이를 지나가던 교감 선생님이 보고 나를 불러 학생 관리를 어떻게 하는 거냐며 화를 냈다.

나름대로 아이를 지도한다고 애써 왔는데 한순간에 무책임한 교사로 몰리니 속상해서 나도 모르게 눈물이 났다.

한번은 그 아이가 곤충을 플라스틱 사육장에 넣어 왔다. 저것을 교실에 두고 있으면 종일 곤충만 쳐다보겠구나 싶어서 강제로 빼앗아 교사 연구실에 놓았다. 집에 갈 때 돌려줄 생각이었다. 그런데 깜박 잊고 수일간 내버려 두는 바람에 그 곤충은 굶어 죽었다.

수년이 흘러 잠이 안 오던 어느 날 밤, 문득 그때 일이 생각났다. 나의 부주의로 무고한 생명을 죽게 하고, 아이에게도 상처를 줬는데 제대로 사과하지 않았다는 생각이 들었다. 갑자기 그 아이를 만나 용서를 구하고 싶었다. 나도 반려동물을 키우고 있어서 자신이 키우는 존재에 대한 주인의 애정이 얼마나 각별한지 알 때였다.

나는 6년째 토끼를 키우고 있다. 그동안 '토끼가 왜 그렇게 좋냐', '뭐 하러 토끼를 키우냐'라는 말을 많이 들었다. 나도 내가 왜 그렇게 토끼를 좋아하지는 모르겠지만, 마치 곤충을 사랑한 나의 학생처럼 이유도 없이 그냥 좋다.

토끼는 강아지처럼 교감이나 상호작용이 이루어지지 않지만, 존재 자체로도 충분히 사랑스럽다. 신혼 때 남편이 갖고 싶은 선물을 물어보면 언제나 '토끼 인형'이라고 말했다. 조카들 어린이날 선물도 토끼 인형을 선물하고 컴퓨터 바탕화면에도 토끼 사진만 깔았다.

그런 내게 엄마는 "이상하네. 그렇게 냄새에 예민한 애가 어떻게 냄새나는 토끼를 집안에서 키우냐?"며 의아해하셨다. 사실 나는 정말 '개코'다. 음식이 상하면 누구보다 빨리 알아차리고, 집 화장실 문이 조금이라도 열려 있는지를 보지 않고도 대번에 안다. 토끼 몸은 깨끗하다. 문제는 소변이다. 토끼 소변 냄새는 정말 독하다.

남편과 광주에 살면서 나는 마트에 갈 때마다 애완동물 코너를 찾아서 토끼장 앞에 한참을 쭈그려 앉아 있었다. 토끼에 빠진 나를 보며 남편은 그냥 한 마리 사자고 했다. 나는 첫 토끼를 허망하게 떠나보낸 후 다시는 동물을 키우지 않을 생각이었기에 반대했다. 하지만 남편이 적극적으로 나오는 바람에 떠밀리듯 두 번째 토끼를 샀다.

그로부터 2년이 흘러 남편도 나도 대전에 있는 직장으로 오면서 토끼를 데리고 친정으로 이사를 왔다. 토끼를 볼 때마다 엄마의 잔소리가 늘어났다. 털 날리는 게 건강에 좋지 않을 것 같다며 누구를 주든지 팔든지 하라고 크게 반대했다.

당시 부모님에게 얹혀사는 신세라 뭐라 대꾸도 하지 못했다. 토끼를 특별하게 여기는 나를 이해해 주지 못하는 엄마가 답답하고 서운했다. 생명은 함부로 버리는 것이 아니라며 토끼도 내 가족이니 끝까지 책임지겠다고 거듭 설득해도 소용이 없었다. 엄마는 하나님이 동물을 다스리는 것이라고 했으니 토끼는 절대로 가족이 될 수 없다고 했다.

돌이켜 보니 성경적 세계관으로 동물을 바라보는 엄마, 토끼를 사랑하는 나, 곤충에 빠진 아이, 감정 조절이 안 되는 아이 모두 자신만의 세상이 있었다. 엄마가 생각하는 동물은 가축이고, 내가 생각하는 토끼는 반려동물이다. 곤충에 빠진 아이는 그것만이 자신의 세상이었고, 분노 조절이 안 되는 아이도 본인이 겪은 정서적 경험치만큼이 자신의 세상이었다.

그 모든 관계와 연결된 내가, 나와 달랐던 타인의 세상을 좀 더 이해하고 품어 줄 수 있었다면 어땠을까, 하는 생각이 든다.

독일의 작가 마르틴 발저는 이렇게 말했다.

"우리는 우리가 읽는 것으로 만들어진다."

내가 참 좋아하는 말이다. 우리가 읽은 책이 우리의 생각을 만든다는 것이다.

우리는 수많은 관계 속에서 살아간다. 가족, 친구, 직장 동료……. 이 중에 우리와 성향이 맞지 않는 사람이 있을 수 있다. 이때 우리가 할 수 있는 일은 내 생각을 바꾸는 것이다. 다른 사람을 바꾸려 애쓰기보다 그 사람을 바라보는 나의 시선을 바꾸는 편이 현명하다.

나는 기시미 이치로가 쓴 《아들러 심리학을 읽는 밤》, 《미움받을 용기》 등의 책을 읽으며 상대를 바라보는 나의 시선을 바꾸었다. '사람과 사람은 영원히 이해할 수 없다. 원래 상대방을 이해한다는 것은 불가능하다고 생각하라'라는 구절을 떠올리며, 나와 다른 사람을 이해하려 애쓰기보다는 존재를 인정하기로 했다.

또한 '원인은 없다. 목적이 있을 뿐이다'라는 구절을 보며 이제는 갈등의 '원인'에 초점을 두지 않고 '목적'을 생각하게 되었다. 상대가 나한테 왜 그렇게 말하고 행동하는지를 생각하기보다 무엇을 위해 그렇게 행동하는지를 생각했다.

'교실도 하나의 민주주의 국가이며 교실이라는 공간의 주권자는 교사가 아니라 학생이다'라는 문구도 인상적이었다.

나는 담임교사의 자율성이라는 명목하에 내 마음대로 아이들을 조정하고 판단하던 시기가 있었다. 책에서는 주도권을 학생에게 주며 재판관의 자리를 내려놓으라고 한다. 진정한 민주주의가 교실 안에서부터 이루어져야 하며 그 책임이 바로 나에게 있다는 것을 알게 된 후 나는 교사로 걸어 온 시간을 성찰하고 반성했다. 교육은 '가르치는 일'이 아니라 '관계를 맺는 일'이었다. 아들러에 관한 책을 통해 인간관계에 대한 관점을 바꾸고 나니 다른 사람을 바라보는 시선과 예기치 못한 상황이나 갈등을 대하는 태도가 달라졌다. 포용력이 생겼고, 한결 여유로워졌다. 타인과 관계를 맺는 일도 더 부드러워졌다.

책으로 더 큰 세상을 만나면 복잡한 세상사나 어려웠던 인간

관계, 풀리지 않을 것 같던 고민이 의외로 쉽게 풀린다. 더불어 내가 가진 생각의 모양이 다양해지고, 세상을 바라보는 시선도 확장된다. 내가 만난 책이 곧 나의 세상임을, 누군가의 세상을 더 깊게 바라볼 수 있는 창임을 기억하자.

07

이제 읽는 척은 그만두겠습니다

'아, 어떡하지? 지금 몇 절인지 모르겠어…….'

교회에서 찬송가 반주를 하다 보면 가끔 다른 생각을 하느라 지금 몇 절을 부르는지 놓칠 때가 있다. 찬송가는 보통 4절까지 있는데 가장 난감할 때는 지금이 3절인지 4절인지 모를 때다.

찬송가는 각 절마다 앞부분의 가사는 다르지만, 뒷부분은 모두 같아서 집중하지 않은 채 후렴구에 들어서면 현재 몇 절인지 알 수가 없다. 앞에서 들은 가사가 무엇이었는지 생각해 보지만 그마저도 기억나지 않는다면 방법은 하나, 한 박자 늦게 따라가기다. 이미 곡이 끝났는데 피아노 소리만 들리면 티가 너무 나니까 반주를 하지 않고 있다가 사람들이 부르는 소리가 들리면 얼른 쫓아간다.

아이들이 교실에서 청소하는 모습을 보면 답답할 때가 많다. 청소한다고 이리저리 몸은 움직이는데 제대로 하지 않는 모습이 눈에 들어오기 때문이다. 결국 빗자루를 뺏어 시범을 보이며 "이렇게 쓸어서 모아야지 빗자루만 왔다 갔다 하면 되겠니?"라고 말한다. 하지만 이후로도 별로 나아지지 않는다. 아이들은 청소하고 있다고 생각하겠지만 내가 보기에는 시늉만 낼 뿐이다.

토끼는 이마를 쓰다듬어 주는 걸 좋아한다. 자세를 낮추고 누워서 기분이 좋다고 이빨도 간다. 그래서 밖으로 풀어주는 자유 시간이면 곧잘 머리를 쓰다듬어 준다. 처음에는 토끼만 바라보며 쓰다듬다가 나중에는 다른 손으로 책이나 핸드폰을 잡는다. 그러다 보면 토끼를 만지는 손이 소홀해져 동작을 멈추게 되고 토끼는 벌떡 일어난다. 마음에 들지 않는다는 표현이다. 말을 못할 뿐이지 토끼도 다 느낀다. 내가 온전히 마음 쓰지 않았다는 것을.

내가 딴생각을 하면서 피아노 반주를 한 것도, 아이들이 청소 시간에 시늉만 낸 것도, 다른 일을 하면서 토끼를 쓰다듬어 준 것도 모두 제대로 한 것이 아니다. 내가 책을 읽는 모습도 그랬다. 흉내만 내고 제대로 하지 않았다. 책을 좋아했고, 책을 이래저래 취미라는 명목으로 붙잡고 있었던 10년은 많은 것을 애써 왔지만 결핍이 사라지지 않는 제자리걸음의 삶이었다. 온갖 열정을 쏟으며 1000권 읽기를 달성한 3년은 그저 다독에 목숨을 걸었던 안타까운 시간이었다.

이렇듯 제대로 된 독서를 하지 않으면 결국 독서에 배신당한다. 그렇다면 취미 독서가 아닌 완전 독서, 읽는 척이 아닌 제대로 된 책 읽기는 어떻게 해야 할까?

첫째, 읽기 전에 뚜렷한 '목적'을 갖자. 목적을 가지고 읽으면 책을 대하는 태도와 마음가짐이 달라진다. 읽는 것이 목적이 아니라 책을 통해 무언가 얻는 것이 목적이기 때문이다. 목적을 세우면 책을 읽는 방법도 달라진다. 천천히 음미하며 볼 수도 있고 필요한 부분만 골라서 볼 수도 있다.

둘째, 읽는 중에는 '제대로' 읽자. 책을 제대로 읽는다는 것은 집중해서 읽는 것이다. 집중은 환경과 심리에 영향을 받는다. 출퇴근 시간, 쉬는 시간, 점심시간에 오히려 책에 집중이 잘되는 경우가 많다. 시간을 버는 느낌도 든다. 자신이 언제 어떤 상황과 시간대에 집중을 잘하는지 파악해서 적극 활용하자.

주말 등 자유 시간이 많다고 집중이 잘되는 것은 아니다. 나도 주말이 다가오면 책을 제대로 읽을 거라 기대하곤 하는데 시간 대비 효율이 떨어질 때가 많다. 짧은 시간이라도 집중해서 읽으면 밀도 있게 시간을 활용할 수 있고 효율도 높아진다.

셋째, 읽은 후에는 '끝맺음'을 잘하자. 책을 읽을 때는 시작과 과정도 중요하지만 끝맺음이 정말 중요하다. 책을 읽은 후 마무리 과정에 들어가는 키워드는 '생각', '기록', '실천'이다.

책을 읽는 중에도 생각하지만, 읽은 후에도 생각하는 시간이 필요하다. 짧게라도 시간을 내 책에서 본 내용을 다시 음미하고 생각해 보자. 생각을 하다 보면 나만의 통찰력을 얻게 된다.

기록은 기억과 실천을 돕는 보조 수단이다. 눈으로만 읽는 것보다 간단하게라도 손으로 써 보면 뇌에 새길 수 있고 실천하려는 마음도 생긴다.

실천은 '독서의 꽃'이자 '진정한 끝맺음'이다. 작은 행동이라도 실천하는 것이 진정한 독서의 완성이다.

어려서부터 대입과 취업, 좋은 인사평가나 승진을 위해 수고해 온 내 인생은 초등학교 교사라는 직업의 틀 안에서만 존재하고 쓰일 수 있는 내공만 쌓았다. 보다 더 넓은 세상을 향해 나아가려면 지금의 내 모습에 만족하거나 안주하지 않아야 한다.

지금은 교사가 안정적인 직업이라 할지라도 안일하게 생각하지 않기로 했다. 사회는 급변하는데, 이대로 멈춘다면 시간이 갈수록 뒤쳐질 뿐이다. 4차 산업혁명 시대에 나날이 발전하는 인공지능이 언제 나의 직업군에도 영향을 미칠지 모른다.

정년까지 채운다 해도 남은 인생이 꽤 길다. 100세 시대에 대비해 인생 2막, 아니 인생 3막까지 준비하는 것이 당연해졌다. 은퇴할 즈음에 가서 준비하면 늦다. 미리 준비하고, 성장에 성장을 거듭해야 한다.

나는 12년의 교직 생활 후 2년간 휴직하면서 많은 책을 읽었지만, 크게 남는 게 없었다. 돌아서면 잊어버리고 양만 채우는 독서, 즉 읽는 척하는 독서였다. 결승점이 어딘지도 모른 채 그저 앞만 보고 달리는 브레이크 없는 독서였다.

부디 나처럼 권수와 다독에 집착하는 독서, 혹은 뚜렷한 방향이 없는 독서가 아니라 실천과 습관으로 이어지는 내실 있는 독서를 하자. 읽는 척하는 독서로 소중한 시간과 인생을 낭비하지 말자. 그리고 외쳐 보자.

"이제 읽는 척은 그만두겠습니다!"

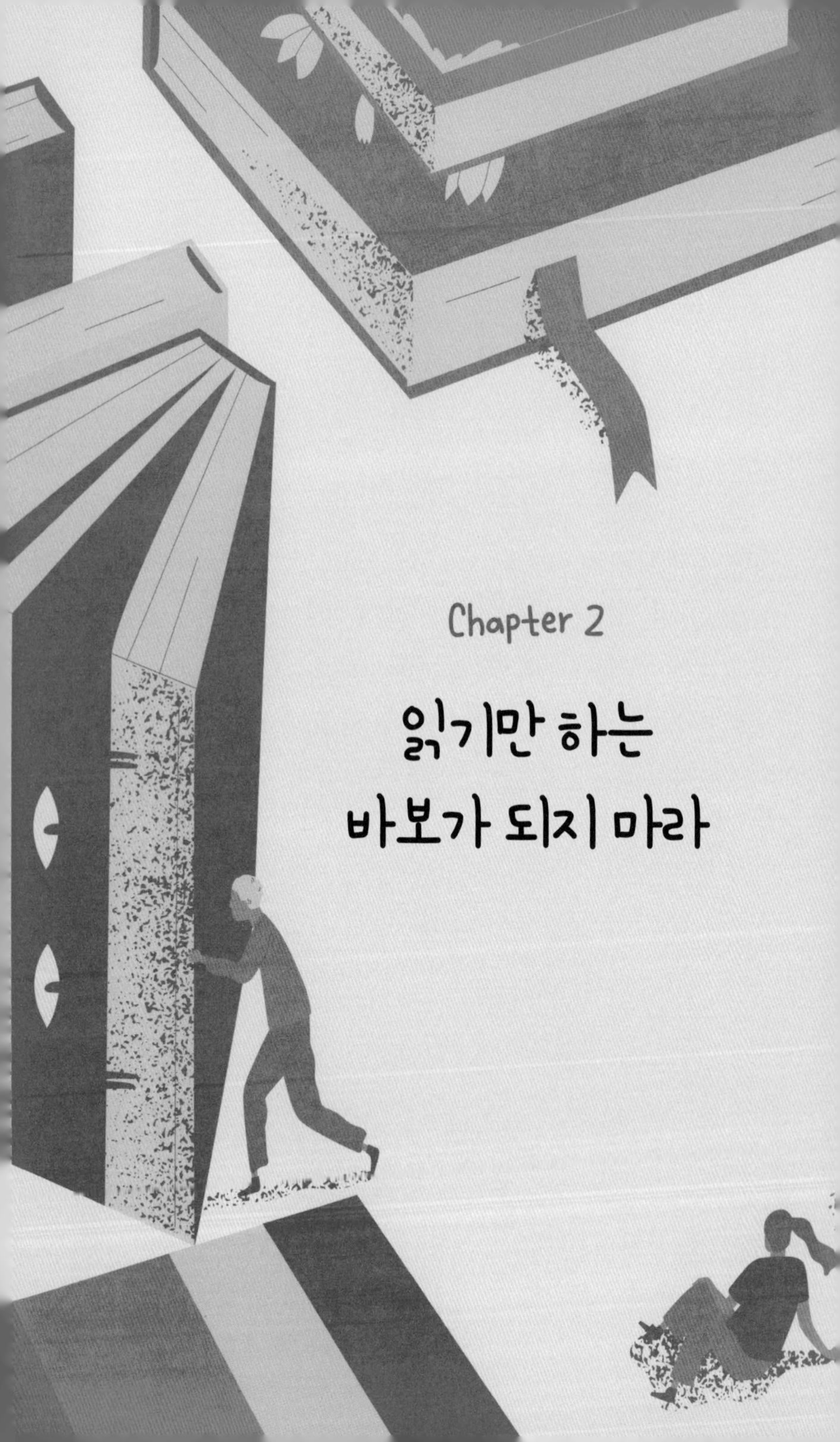

Chapter 2

읽기만 하는 바보가 되지 마라

01

나는 책을 제대로 읽고 있을까?

나의 큰 즐거움 중 하나는 읽을 책을 탑처럼 쌓아 놓고 온종일 책만 보는 것이다. 방학이 돼 책을 잔뜩 쌓아 놓고 읽는데, 남편은 미심쩍다는 듯이 물었다.

"제대로 읽고 있어?"

"그럼. 당연하지."

나는 남편이 괜한 것을 물어본다는 듯 자신 있게 말했다. 사실은 무작정 '열심히'만 읽고 있었는데도 말이다.

읽은 책의 권수가 느는 맛에 중독되면 다독의 노예가 된다. 제대로 된 독서를 어떻게 하는지도 몰랐던 수년 전, 읽은 책 제목과 다 읽은 날짜를 다이어리에 기록하기 시작했는데, 하다 보니 욕심이 생겨 한 달에 100권을 읽을 때도 있었다. 늘어나는 숫자를 보니 기분이 좋아 누가 알아주지 않는데도 열심히 읽었다. 하지만 그때 읽은 책 중에 생각나는 책이 그리 많지 않다.

많이 읽으려고 욕심을 내면 조급한 마음에 책을 읽는 속도가 평소보다 빨라진다. 내용을 파악하면서 읽기보다는 책 텍스트를 훑기 바쁘다. 책을 읽은 것이 아니라 책 내용이 스쳐 지나갔을 뿐이라서, 읽은 책 목록에 적은들 제대로 읽은 것이라 할 수 없다.

읽은 책 권수에 욕심을 내는 것 외에도 책을 제대로 읽지 못하게 하는 요인으로는 '스마트폰'이 있다. 문자나 카톡 등을 확인하려고 보기 시작했다가 괜히 SNS, 뉴스 등에 빠져 시간을 빼앗긴다. 그렇게 스마트폰에 빠져 있다가 책을 다시 읽으면 책이 지루하고 딱딱하게 느껴진다. 책을 읽던 흐름이 끊겨서 다시 집중하기도 어렵다.

글을 쓰는 지금 이 순간에도 카톡이 울린다. 최근 코로나 19가 기승이라 친구가 내 건강을 진심으로 걱정하는 내용이다. 이런 메시지는 무시할 수 없다. 모니터를 잠시 밀어 놓고 한참 대화를 하고 돌아오니, 전에 무슨 생각을 하며 글을 썼는지 잘 기억이 나지 않는다. 스마트폰에 잠깐 집중했다가 돌아온 순간, 누가 머릿속을 지우개로 하얗게 지운 것만 같다.

스마트폰과 더불어 독서를 방해하는 것에는 컴퓨터와 텔레비전이 있다. 물론 이것들은 유익한 점도 많지만, 독서할 때 제일 방해가 되는 요인 1, 2, 3위를 차지한다. 즉각적인 빠른 자극에 익숙해져 습관적으로 유튜브 영상을 시청하거나 컴퓨터 게임이나 TV 드라마에 빠진 사람이 많다. 어른, 아이 할 것 없이 우리는 영상 매체에 길들여져 있고, 이 현상은 점점 심화되고 있다.

나도 텔레비전의 마력에 곧잘 빠지곤 했다. 학창 시절에 텔레비전을 보지 못하게 하는 아빠의 눈치를 보느라 바빴고, 대학 시절에는 기숙사 생활을 하느라 자연스레 TV와 멀어졌지만, 결혼 후 남편을 따라 〈무한도전〉을 보기 시작하면서 토요일 6시 반이면 TV 붙박이가 되었다. 본방송을 놓치면 주말에 다운을 받아서 볼 정도로 열정적이었다.

지금은 텔레비전을 잘 보지 않지만, 한번 봤다 하면 먹고 자는 것도 잊은 채 드라마에 깊이 빠져들어 여간해서는 시작하지 않는다. 하지만 세상에 재미있는 드라마는 많고, 그 유혹을 견뎌 내기란 쉽지 않다. 한번 발을 들이는 순간 빠져나올 수 없을 정도로 중독되었던 웰메이드 드라마가 있다. 〈태양의 후예〉, 〈스카이 캐슬〉, 〈미스터 선샤인〉, 〈스토브리그〉 등이다.

드라마를 보는 시간은 빠르다 못해 쏜살같다. 빠른 장면 전환과 자극적인 요소가 많아 드라마에 마음을 뺏기는 건 한순간이다. 상대적으로 책을 읽는 시간이 느리고 지루하게 느껴진다. 독서를 하던 규칙적인 일상이 하루아침에 무너진다.

이렇듯 우리 주위에는 책을 제대로 읽지 못하게 하는 방해 요소가 많다. 방해 요소를 차단하고, 한 권을 읽더라도 제대로 읽겠다는 마음가짐이 중요하다. 또한 책을 읽는 것만큼 책을 읽는 집중력과 변화를 점검하는 것도 필요하다.

제대로 책을 읽고 있는지 확인하고 싶다면 다음 세 가지 질문에 답해보자.

첫째, 15분 이상 꾸준히 집중이 유지되었는가?

처음이 중요하다. 특히 도입 부분에 책의 큰 그림이 나오기 때문에 집중해서 온전히 책에 빠져들어야 한다. 눈은 글자를 따라가는데 머리로는 다른 생각을 한다면 제대로 읽는 것이 아니다. 책장만 넘기고 있다면 처음부터 다시 읽자.

책 읽기를 방해하는 전자기기는 멀리 두는 게 좋다. 내 눈과 귀를 방해하지 않도록 말이다. 제대로 집중하는 측면에서 보면 환경을 통제하는 편이 내 의지를 믿는 것보다 낫다.

책을 제대로 읽는다는 것은 집중해서 본다는 말이며 독서의 질은 집중력에 달렸다. 일단 15분 동안 온전히 몰입하는 것을 목표로 읽자. 그리고 점차 시간을 늘려 나가자.

둘째, 읽은 내용을 요약할 수 있는가?

책을 제대로 읽었다면 읽은 내용을 요약하고, 나의 말로 표현할 수 있어야 한다. 내용을 요약하려면 각 장의 핵심을 파악하고 문맥을 이해해야 한다. 각 장별 핵심을 뽑아 요약하면 하나의 문장이 나온다. 책 한 권이 한 줄의 문장이 되는 것이다. 요약하기가 어렵다면 책의 부제를 참고해 표현해 보자.

셋째, 책을 읽고 내 생각이나 삶이 달라졌는가?

책을 열심히 읽고도 새로운 생각이나 변화된 행동이 없다면 책을 제대로 읽은 것이 아니다. 책을 읽고 내 삶이 소소하게나마 어떻게 달라졌는지 돌아보자.

채식주의에 관심을 가지게 되었다든지, 하루에 5분이라도 스트레칭을 시작했다든지, 물건을 적게 갖는 미니멀리즘을 실천하게 되었다든지, 작은 것 하나라도 책을 통해 내 일상이나 삶을 대하는 태도가 달라지는 것이 중요하다.

제대로 읽는 독서는 책의 권수와 무관하다. 중요한 것은 몇 권을 읽었느냐가 아니라 '책을 읽고 내가 얼마나 성장했는가'다. 책을 제대로 읽으면 읽기 전과 후는 반드시 달라진다.

책을 읽는 것도 책 읽기를 점검하는 것도 나다. 그래서 제대로 읽는 독서에는 '메타인지'가 필요하다. 책 읽기에서 말하는 메타인지란 나의 독서 상태를 제3자 입장에서 바라보듯 객관적으로 보는 것을 말한다. 메타인지는 자신에 대한 객관적인 분석에서 출발한다.

요즘 나는 책을 읽을 때 첫 장에 특히 집중하며 읽는다. 새로운 인물이 등장하는 소설을 읽을 때는 더 신경을 쓴다. 인물 이름을 잘 외우지 못하기 때문이다. 스마트폰은 진동 모드로 해 놓고 지금부터 책에만 집중한다는 생각으로 읽는다. 이렇게 마음을 잡고 책을 읽으면 책을 읽는 맛도 달라진다. 책이 더 재미있고 의미 있게 다가온다.

또한 책 내용을 간단히 한 문장으로 요약해 본다. 책이 말하고자 하는 핵심이 무엇인지 곰곰이 생각하고 나만의 언어로 생각하고 표현한다. 아울러 책을 읽은 뒤 내 생각이나 행동이 어떻게 달라졌는지도 성찰해본다.

책을 많이 읽겠다는 욕심을 내려놓고, 한 권 한 권 집중해서 제대로 읽자. 스마트폰, 컴퓨터, TV처럼 독서보다 빠른 자극을 주는 영상이나 주변 환경을 적절히 차단하고 조절하자. 또한 책을 읽는 것만큼이나 중요한 것은 제대로 읽었는지 점검해보는 것이다. 읽기만 하는 바보가 아니라 제대로 읽는 내가 될 수 있도록 세 가지 질문을 활용해보자.

02

읽은 줄도 모르고 다시 빌리다

도서관에서 책을 자주 빌려 읽다 보니 책을 읽고 정리하는 나만의 노하우가 생겼다. 책을 읽다가 인상 깊은 구절이 나오면 손가락 두 마디 길이의 작은 포스트잇을 그 문장에 바로바로 붙이고 넘어가는 방법이다. 책을 다 읽은 후에는 포스트잇을 붙인 부분만 찾아 독서 노트에 정리했다. 빌려온 책이라 줄을 긋거나 글을 쓸 수 없으니, 흔적이 남지 않게 표시하면서도 책을 읽는 흐름이 끊기지 않게 할 수 있는 방법이다.

빌린 책이 아닌 내 책에는 작은 포스트잇이 아니라 넓은 포스트잇을 붙여 내 생각이나 깨달음을 적었다. 바쁘거나 독서 노트에 기록할 여유가 없을 때는 포스트잇을 활용해 한 번에 기록하고 붙여 놓으면 편하고 빠르다.

그러던 어느 날, 나처럼 포스트잇을 활용해서 책을 읽는 사람을 만났다. 빌린 책에 포스트잇이 중간 중간 붙어 있었다. 내심 비슷한 방법으로 책을 읽는 사람을 만나 반가웠다. 내가 이용하던 도서관은 부대 안에 있어서 이용객이 군인과 관사 가족뿐인데, 그중에 나처럼 책을 열심히 읽고 있는 사람이 있었다니. 하지만 반가움도 잠시 나는 얼마 지나지 않아 내가 빌렸던 책을 또 빌렸음을 알게 되었다. 책을 읽고 노트에 정리할 때 일부 포스트잇을 미처 발견하지 못한 채 반납했던 것이다.

빌린 책이 이미 읽은 책임을 꿈에도 생각 못한 채 나처럼 책을 읽는 사람이 가까이 있다고 혼자 들떴던 꼴이라니. 더 황당했던 건 그 책이 당시 독서 노트에 정리까지 한 책이라는 것이다. 게다가 읽은 지 1년도 채 되지 않은 책이었다.

학교에서 교사 대상 독서 특강이 있었다. 대전의 작은 학교까지 찾아와 준 강사는 초등학교 교사이자 작가였다. 책을 읽고 자신의 삶이 어떻게 달라졌는지 진솔하게 이야기하며, 추천하는 책을 앞쪽에 전시했다가 질문하는 사람에게 선물로 주었다. 나를 비롯한 모두가 강사의 정성 어린 선물에 감동했다. 여러모로 인상 깊은 강연이었다.

그는 '나만의 숙명적인 키워드가 뭔지 생각하라'는 메시지를 전하며 관련 책을 소개해 주었다. 좋은 책을 추천받았다는 생각에 설레는 마음을 안고 곧바로 인근 도서관에 달려갔다. 그 책을 찾아 읽으면서 과연 좋은 책이구나, 라고 생각했다. 좋았던 강연이 좋은 책으로 이어지자 책이 더 술술 읽히는 기분이었다.

그리고 며칠 뒤였다. 다른 책 때문에 독서 노트를 뒤적거리다가 강사의 추천으로 찾아 읽은 그 책이 노트에 기록된 것을 발견했다. 좋은 책을 만났다고 기뻐했는데 그 책은 이미 내가 예전에 읽고 독서 노트에 정리까지 했던 책이었다.

'이럴 수가. 처음 보는 책이라 생각했는데…….'

포스트잇 사건을 겪을 때까지만 해도 내가 바쁘고 정신이 없을 때 읽었나 보다, 하며 한 번쯤은 그럴 수 있다고 생각했다. 하지만 이미 읽은 책을 추천 책으로 찾아 읽고 좋은 책을 만났다고 기뻐한 이번 일까지 겪으니 이건 좀 아니다 싶었다.

이 두 번의 사건을 계기로 나는 그동안 정리한 독서 노트를 꼼꼼히 살펴보았다. 책을 읽고 노트에 정리했다가 한참 뒤에 같은 책을 다른 노트에 정리한 흔적도 보였다. 책을 읽고 정리까지 했으니 이만하면 됐다고 생각했는데, 그게 아니었다. 기록은 기록 그 자체가 목적이 아니라 나에게 남는 독서를 하기 위한 과정이자 수단이다. 읽기 위해 읽는 게 아니듯 쓰기 위해 쓰는 게 아니었는데, 독서 노트에 기록만 해놓고 다시 보지 않으니 이런 실수가 반복됐던 것이다.

한창 책 욕심이 많을 때는 하루 중 책을 읽는 시간이 부족하다는 생각이 들었다. 그래서 잠을 줄여가며 읽다 보니 몽롱한 상태에서 책을 읽거나, 시간에 쫓기듯 읽는 경우가 많았다. 충분히 많은 책을 읽고 있는데도 불구하고 현재보다 더 많은 책을 목표로 삼는 바람에 책 한 권을 오롯이 집중해서 읽기보다 후다닥 읽고 넘어가기 바빴다.

서둘러 읽은 책은 머리에 의미 있게 남지 않을뿐더러 가슴으로도 이어지지 않는다. 읽기나 쓰기라는 행위에 치우친 독서 역시 마찬가지다.

시간이 지나면 지날수록 기억에서 희미해지는 것은 자연스러운 현상이다. 한 번 읽었다고 해서 내용을 다 기억할 수도 없다. 하지만 이미 읽고 독서 노트에 기록까지 한 책을 전혀 기억하지 못하는 건 문제가 있었다. 읽은 책을 처음 읽는 책처럼 대했다는 것은 책 내용은 물론 제목이나 표지까지 알아보지 못한 것이니 말이다.

이 두 번의 해프닝은 내게 지금까지의 독서와는 다른 선택과 행동을 해야 한다는 메시지를 주었다. 내 자신을 자책하기보다는 내 기억의 한계를 받아들이기로 했다. 맹목적인 읽기를 더욱 경계하고, 독서 노트 또한 자주 참고하고 적극 활용하기로 했다.

나는 진정한 독서가 무엇인지, 제대로 읽는 책이란 무엇인지 진지하게 고민하게 되었다. 그리고 다음의 두 가지를 깨달았다.

'기억은 믿을 수 없다. 기억이 아니라 기록을 믿어야 한다.'
'열심히 기록해도 다시 보지 않으면 기억에 남지 않는다.'

아무리 많은 책을 읽은들 읽은 기억조차 나지 않는다면 소용이 없다. 나는 이제 긴 여운으로 남겨야 하는 좋은 책은 읽은 줄 알고도 다시 읽는다. 한 번만 읽기 아쉬워서 읽고, 제대로 남기고 싶어서 또 읽는다. 내 것으로 삼고 싶은 책은 몇 번이고 다시 펼쳐보며 그 책과 내가 연결되도록 한다. 반복적이고 의식적으로 내가 읽은 책이 내 머리와 가슴에 남을 수 있도록 노력하는 것이다.

책 한 권을 다 읽고 급히 다른 책을 펼치는 내 모습으로 돌아가려 할 때마다 읽은 줄도 모르고 다시 빌린 일을 떠올리며 마음을 바로 잡는다. 다시금 읽는 속도를 조절하고, 독서 노트에 적힌 기록을 정기적으로 살펴보며 읽은 책을 한 권씩 연상해 본다.

계속 읽어 나가는 흐름을 유지하는 것도 중요하지만, 반복해서 읽고 기록을 병행한 후 그 기록을 자주 살펴보며 되새김질해야 한다. 그래야 장기 기억을 담당하는 해마를 자극해 뇌에 새길 수 있다.

읽은 줄도 모르고 다시 빌리는 사람 대신 읽은 책이 도서관 서가에 보여 반가워하는 일상의 주인이 되자. 독서 노트에 이미 기록한 책임에도 알아보지 못하는 사람 대신 누군가 추천한 책이 이미 내가 읽은 책임을 알고 뿌듯해하는 사람이 되자. 기억은 기록으로 되새겨질 때 오래가고 강해진다. 기록은 기억으로 떠올려질 때 가장 의미 있게 빛날 수 있다.

03

많이 읽기만 하면 되는 줄 알았다

"나는 양보다 질이야."

"나는 질보다 양이야."

남편과 장을 보러 가서 식자재를 고를 때 하는 말이다. 나는 입맛이 까다롭고 양이 적어서 적게 먹더라도 질 좋은 음식을 선호한다. 반면 남편은 입맛이 평범하고 잘 먹어서 질보다 양을 따진다. 새해를 앞두고 떡국 떡을 고를 때도 의견이 갈렸다. 남편은 마트 자체 상품을 사자고 했다. 가격은 비슷한데 다른 상품에 비해 양이 많았기 때문이다. 나는 중국산이라 찜찜해서 다른 것을 사자고 했다.

그날은 '질'보다 '양'이 이겼고, 결국 둘이 한 번에 먹기에는 많은 1킬로그램 떡국 떡을 샀다. 떡국을 끓여 먹고 남은 떡을 냉동실에 보관했는데, 나중에 꺼내 보니 유통기한이 지나 있었다. 허망했다. 내가 우겨서 더 좋은 것으로 살걸 싶었다.

옷을 살 때도 비슷하다. 남편은 질 좋은 옷 하나를 사기보다 싼 옷을 여러 개 산다. 가성비가 기준이다. 집에서 입는 옷은 대충 골라도 괜찮지만, 격식을 차려 입는 옷을 적당히 고르면 곤란하다. 특히 골프복은 신중히 사야 한다. 가격이 싸다고 덜컥 사면 예쁘지 않아서 라운딩 나갈 때 기분도 나지 않고 오래 입지도 못한다.

사실 골프복은 워낙 비싸 나도 처음에는 싼 옷만 샀다. 그랬더니 빨래를 몇 번 하고 난 뒤로 금방 후줄근해져서 잘 입지 않게 되었다. 그 후로는 좀 비싸도 입을 만한 옷으로 장만했고, 남편 옷도 브랜드 매장에서 골라 줬다. 잘 관리해서 제대로 입을 수 있는 옷을 오래 입는 게 당장은 돈이 더 드는 것 같아도 멀리 보면 훨씬 경제적인 선택이었다.

그럼에도 질보다 양이 끌리는 남편은 옷이 더 필요하다며 인터넷으로 골프복을 샀다. 지난겨울에도 같은 디자인의 폴라 티를 색깔별로 세 개나 사서 보여 주었는데, 디자인이나 질을 봐도, 팔이 짧은 것만 봐도 얼마 못 갈 것 같았다. 이렇게 '양'을 외치는 남편의 옷장을 보면 걸린 옷은 많지만 입을 만한 옷은 항상 없다. 그나마 자주 오래 입는 옷도 '질'을 따지는 내가 예전에 사 준 옷 정도다.

내가 음식이나 옷을 고를 때 양보다 질을 따지듯 책을 읽을 때도 그랬다면 어땠을까, 라는 생각이 든다. 양만 생각하지 않고 '질'을 챙기는 독서 말이다. 3년 동안 천 권을 읽었지만 그렇다 할 변화를 느끼지 못한 이유는 내가 방향이 모호한 다독만 추구했기 때문이 아닌가 싶다. 책을 본격적으로 읽기 시작하면서 그저 많이 읽고 싶다고 생각했다. 읽는 맛이 무척 좋았기 때문이다.

생각하거나 기록하거나 실천하는 일은 제쳐두고 그냥 무작정 읽고만 싶었다. 독서도 중독이라 한번 책에 맛을 들이면 계속 읽는 흐름을 멈출 수 없다. 도서관에 가서도 욕심을 제어하지 못할 때가 많았다. '이번에는 딱 세 권만 빌려 제대로 읽자'라고 다짐해도 막상 가면 '기왕 왔는데 많이 빌려 가자'라는 생각 회로로 바뀐다. 그때마다 매번 다섯 권씩 꽉 채워 빌려 온다. 심지어 남편 대출증을 가져가서 한꺼번에 열 권씩 빌려 올 때도 많았다.

제대로 읽지 못하거나 기한 내에 다 보지 못할 걸 알면서도 계속 반복하는 꼴이라니. 책 열 권이면 얼마나 무거운 데, 그걸 이고지고 나르고 했는지…….

3년간 그렇게 무거운 책을 빌리고 반납해 가며 많이 읽었지만, 내 인생은 크게 달라지지 않았다. 누구보다 비효율적으로 책을 읽어 온 나는 말할 수 있다. 많이 읽기만 하는 것은 미련한 행동이지, 결코 지혜로운 방법이 아니라고.

누구보다 시행착오를 많이 겪은 나는 '양'보다 '질'을 챙기는 독서를 할 수 있는 두 가지 지침을 제안하고 싶다.

첫째, 한 권이라도 내 것으로 만든다.

한 권을 읽어도 내 것으로 체화해야 한다. 앞서 나는 책을 제대로 읽는다는 것은 오롯이 집중해서 읽고, 핵심을 파악하며 읽고, 생각이나 행동을 바꾸며 읽는 것이라고 했다. 이 세 가지 중 책을 내 것으로 체화하는 것은 세 번째 방법, 즉 내 '생각'이나 '행동'을 바꾸는 책 읽기다.

존 로크는 독서의 목적은 사색이라 했다. 책은 읽는 것은 '생각'하기 위함이다. 저자의 입장이 되어 생각해 보고, 거기에 내 의견을 더해 비판적으로 읽는 태도가 필요하다. 인정할 건 인정하되 오류는 없는지, 내 생각과 어떻게 다른지 따져 봐야 한다.

둘째, 같은 책을 여러 번 읽는다.

읽고 잊어버릴 여러 권의 책을 읽는 것보다 한 권을 반복해서 읽는 것이 남는 독서다. 나에게 필요한 책, 나와 주파수가 맞는 책을 반복해서 읽으면 동기 부여가 되고, 구체적인 실천으로 이어진다. 나에게 필요한 책을 두 번, 세 번 반복해서 읽으면 독서 내공이 탄탄히 쌓일 뿐 아니라 인생을 살아가는 데에서 중요한 자산이 된다.

물론 다독이 나쁘거나 필요하지 않다는 말은 아니다. 독서에도 임계점이 있어서 단시간에 많은 책을 읽어야 할 시기가 있다. 본격적으로 책을 가까이하기 시작해서 책을 읽는 습관을 들여야 할 때는 '한 달에 열 권 읽기', '100일에 33권 읽기' 등 기간별 목표를 세워 책의 권수를 의식하며 읽는 훈련을 하는 것이 좋다.

다독을 하면 책 읽기에 자신감이 생기고 다양한 분야에 관심을 가져 시야를 넓힐 수 있다. 운동으로 체력을 기르듯 다독으로 책력을 기르면 이전보다 더 오랫동안 책을 보게 되고, 책 한 권을 읽는 시간도 단축된다. 많이 읽어야 다양한 분야와 작가를 접할 수 있고, 나에게 맞는 책을 고르는 안목도 생긴다. 또한 다독은 좋은 글을 쓰는 밑거름이 된다. 이렇듯 다독의 장점은 많다.

다독을 하지 말라는 말이 아니라 많은 책을 읽으려는 욕심 때문에 제대로 읽지 않는 실수를 하지 말라는 것이다. 수백, 수천 권을 읽어도 삶에 변화가 없다면 자기만족만 남을 뿐, 알맹이 없는 독서가 된다. 진짜 독서란 하나라도 나에게 남는 무언가가 있는 독서다. 내 마음에 깊은 여운을 주거나 내 삶에 진한 흔적을 남기는 것이 진정한 독서다.

다행히 나는 조급함을 버렸다. 앞만 보고 달리던 급행열차에서 내렸다. 독서 노트에 번호가 늘지 않아도 이제 자신을 채근하지 않는다. 많이 읽는 것이 전부가 아님을 알았기 때문이다.

삶에서 속도는 중요하다. 하지만 방향이 맞지 않는 속도는 무의미하다. 먼 길을 갔다가 다시 돌아와야 하는 시행착오를 겪기 때문이다. 반면 방향이 맞으면 속도가 오르는 건 시간문제다. 서둘러 읽지 말고 제대로 반복해서 읽자. 권수 욕심을 내려놓고 한 권을 읽어도 제대로 읽자. '양'보다 '질'을 챙기는 독서를 할 때 우리는 더 오래, 더 멀리 나아갈 수 있다.

04

소화시키지 않으면 먹지 않은 것과 같다

"이제 더 갈아입을 팬티가 없는데 어떡하지?"

대여섯 살 무렵, 갈아입을 속옷이 없을 정도로 종일 설사를 한 적이 있다. 팬티를 새로 갈아입기가 무섭게 자꾸 설사가 나와서 엄마가 몹시 난처해하셨다. 어쩌다 그렇게 됐는지 기억이 잘 나지 않지만 아마 셋 중 하나를 먹었을 것이다. 찬 음식, 매운 음식, 밀가루.

대학교 1학년 여름, 기숙사 식당에 있는 냉각기에서 얼음 한 컵을 먹고 급체했다. 복도 끝에 있는 방에서 화상실까지 10미터 남짓한 길을 간신히 기어갔다. 그때 그 길이 얼마나 멀게 느껴지던지.

한번은 낙지볶음 식당에서 교대 동문 회식이 있었다. 낙지가 너무 매워서 탈이 나면 어쩌나, 하고 걱정했는데 불길한 예감은 틀리지 않았다. 그날 저녁 복통에 시달리며 화장실을 수시로 들락거렸다. 아빠를 닮아 나도 매운 음식에 취약하다.

5년 전, 교회 집사님 댁에 놀러 갔다가 점심으로 스파게티를 먹은 적이 있다. 당시 나는 점심에 꼭 밥을 챙겨 먹었는데, 그날 점심은 밥 대신 밀가루였다. 아침에 시리얼을 먹은 상태에서 또 밀가루를 먹으니 속에서 난리가 났다. 배가 쥐어짜듯이 아프다가 우르르 쾅쾅 하고 천둥 번개가 치기 시작했다. 그 후로 식은땀을 흘리며 화장실을 여러 번 오가야 했다.

나에게 맞지 않는 음식을 먹어서 고생한 경험이 많은 나는 마치 다이어트를 하는 사람들이 칼로리를 계산해서 음식을 먹듯 세심하게 신경을 쓴다. 얼음이 들어간 음료는 조금만 마시고, 매운 음식을 먹고 나면 우유나 주스 등으로 중화한다. 아침, 점심 두 끼 연속으로 밀가루 음식을 먹는 일은 이제 거의 없다. 조금만 방심해도 여지없이 찾아오는 무시무시한 고통이 두려워 음식을 먹을 때마다 내 몸이 이것을 받아들일 수 있는지를 의식하며 산다.

과식도 마찬가지나. 내가 감당할 수 있는 양보다 많이 먹으면 소화가 안 된다. 이와 관련해 나에게는 말 못 할 비밀이 하나 있다.

고3 수험생 시절, 저녁만 먹고 나면 속이 더부룩했다. 짧은 저녁 시간 뒤에 야간 자율학습이 버티고 있어서 소화를 시킬 시간도 별로 없었다. 그렇게 속이 빵빵한 상태로 밤 10시까지 의자에 가만히 앉아 있으려니 자꾸 가스가 나왔다. 문제는 내 자리가 제일 뒤가 아니라 중간 자리라는 것이다! 속에서 자꾸 가스가 나오는데 뒤에 앉은 친구가 신경이 쓰여 공부에 집중하기 어려웠다. 무음 처리까지 해야 하니 신경이 두 배로 쓰였다.

책만 봐도 부족한 시간에 불청객의 소리와 냄새까지 잡아야 한다니. 한 가지 의지할 것은 내가 깔고 앉은 방석이었다. 그래도 방석이 냄새를 조금은 흡수해 주지 않을까, 하는 일말의 기대가 있었다. 실제로 방석이 얼마나 도움이 됐는지 모르겠지만, 아무래도 냄새가 나긴 했을 것이다. 그때 내 뒤에 앉았던 친구를 다시 만난다면 진심으로 사과하고 싶다. 미안했다, 친구야.

생각해 보면 이 사태까지 되지 않도록 충분히 예방할 수 있었다. 엄마는 든든히 먹고 공부 잘하라고 밥을 꾹꾹 눌러 담았을 것이다. 나는 매번 배가 부르면서도 한 번도 밥을 줄여 달라고 말하지 않고 주는 대로 다 먹었다. 밥을 좀 적게 먹었다면 속도 편안하고 친구에게 민폐를 끼치지도 않았을 텐데 말이다.

이처럼 음식을 먹을 때 중요한 건 나에게 맞는 음식이 무엇이고, 나에게 맞는 양이 어느 정도인지 아는 것이다. 그래야 배탈이 나거나 복통을 앓는 등의 고생도 덜하고, 좋은 컨디션과 건강도 챙길 수 있다.

음식도 나에게 맞는 음식을 먹어야 하듯 책도 나에게 맞는 책을 찾아 읽어야 한다. 음식은 내 몸을 움직이는 '연료'다. 맞지 않는 음식을 조심하지 않고 계속 먹으면 가장 큰 가치인 건강을 해친다.

책은 내 마음을 채우는 '양식'이다. 내가 잘 소화하지 못하는 책을 붙잡고 있으면 책이 주는 영양분을 흡수하지 못한 채 가장 큰 자산인 시간을 낭비하게 된다. 책을 읽을 때 술술 읽히지 않고, 억지로 읽는다는 느낌이 들면 멈춰야 한다. 때로는 읽던 책을 멈추고 덮는 '용기'도 필요하다.

또한, 음식을 많이 먹으면 탈이 나듯 책도 닥치는 대로 많이 읽기만 하면 과부하가 온다. 지속 가능한 건강한 독서를 하기 어렵다. 과식을 경계해야 하듯 과독(過讀)을 조심해야 한다.

소화의 최고봉은 '완전 소화', 즉 먹은 음식이 온전히 내 것이 되는 상태다. 독서도 마찬가지다. 독서의 최고봉은 '완전 독서', 즉 읽은 책이 온전히 내 것이 되는 상태다. 책을 온전히 내 것으로 소화하고 체화하는 완전 독서는 '읽고, 쓰고, 실천'하는 3단계를 거칠 때 비로소 이뤄진다. 완전 독서의 3단계를 자세히 알아보자.

완전 독서의 첫 번째 단계는 '읽기'다.

독서의 시작은 읽기다. 읽을 때는 '내용 파악'에 힘쓰고 '생각'을 하며 읽어야 한다. 또한 완전히 소화해야 하는 책은 세 번 읽기, 삼독이 필요하다. 세 번 읽는 것이 쉬운 일은 아니지만, 이미 읽은 책을 다시 읽으면 처음보다 빠르고 쉽다.

처음 읽을 때는 책의 내용을 파악하고 정보를 받아들이기 바쁘지만, 반복해서 읽으면 책 내용에 연결된 '생각'을 하게 된다. 책 속의 영양분이 내 안으로 스며드는 과정이다.

책을 읽으면서 생각거리를 만나면 줄을 긋는 등 표시를 해서 나만의 재료로 삼자. 같은 책을 읽어도 독자마다 책을 소화한 모양과 색깔이 다르고 책을 통해 받아들이는 게 다르다. 각자 다른 생각을 하기 때문이다.

완전 독서의 두 번째 단계는 '쓰기'다.

쓰기는 완전 독서의 중간 단계다. 이 단계에서는 읽을 때 표시해 둔 인상 깊은 구절을 노트에 따라 적는다. 따라 적은 뒤에는 나만의 생각이나 느낌, 결심도 적는다. 노트에 적으며 내용을 되새기는 것은 책을 소화시키는 과정이다. 따라 적는 내용은 '기본 재료'가 되고 그 뒤에 내 생각이 '양념'으로 더해져 나에게 맞는 나만의 음식이 된다.

완전 독서의 세 번째 단계는 '실천'이다.

실천은 완전 독서의 끝이다. 읽기만 하고 결심대로 실천하지 않으면 건강한 독서가 아니다. 들어간 것이 있으면 나오는 것도 있어야 하고, 음식을 먹고 소화했다면 밖으로 내보내는 것도 있어야 한다. 건강한 배출은 실천이요, 실천은 완전 독서의 척도다.

아무리 좋은 음식이라도 나에게 맞지 않으면 소화되지 않는다. 많이 먹거나 빨리 먹는 바람에 제대로 소화하지 못하면 먹지 않은 것과 같다. 나에게 맞는 책을 고르고, 꼭꼭 씹어 내 것으로 만들자. 내가 소화한 음식만 내 것이 되듯 내가 소화한 책만 내 것이 된다.

05

읽은 책과 읽힌 책은 다르다

'이 책이 왜 이렇게 유명하지?'

'사람들이 정말 이 책을 감명 깊게 읽은 게 맞나?'

니체의 《차라투스트라는 이렇게 말했다》를 읽으며 든 생각이다. 책을 읽다 보면 여러 곳에서 반복 인용되는 책을 발견하게 된다. 호기심에 찾아 읽어 보지만 기대와 달리 실망하는 경우가 있다. 나에게 맞지 않는 책이거나 내가 아직 그 책을 볼 준비가 되지 않았기 때문이리라.

다른 사람이 감명 깊게 읽었더라도 나에게는 감흥이 없을 수 있다. 다른 사람은 쉽게 이해했다 하더라도 나에게는 어려울 수 있다. 그런 책은 지금 나에게 어울리거나 맞는 책이 아니다.

인문학 열풍이 불기 시작할 때 나도 추천 목록을 보고 인문학 책을 열 권 정해서 읽었다. 그중 제대로 이해하며 읽은 책은 두세 권 남짓이다. 아직은 아닌 건가, 역시 인문학은 어려운 건가, 라는 생각이 들었다. 분명 읽었는데 기억도 나지 않고 이해하기도 어려워 책을 읽기 전과 후가 다를 바 없었다. 껍데기만 핥은 기분이었다.

반면에, '이렇게 좋은 책을 왜 이제야 만났지?', '쉽고 재미있다', '의미 있고 감동적이다'라는 생각을 주는 책이 있다. 바로 김영하 저자의 《살인자의 기억법》이다. 쉽고 재미있어서 단숨에 봤다. 나는 지금도 에세이나 자기계발서를 즐겨 읽고 소설은 잘 읽지 않는다. 허구보다 진실한 이야기가 더 와닿기 때문이다.

그런데 이 책은 달랐다. 영화처럼 순식간에 몰입됐다. 상상으로 구현한 세계를 실제라고 느끼듯 책에 빠져들었다. 다음 장이 궁금해서 한숨에 읽어 내려갔다. 줄 간격이 넓고 분량이 적긴 해도 소설을 단번에 읽는 일은 내게 흔치 않은 일이다. 이렇게 흥미진진한 책을 나만 읽을 수 없어 주변 사람에게도 적극 추천했다.

최근에 읽은 책 중 가장 재미있게 본 책은 이국종 교수의 《골든아워》다. 두툼한 책은 일단 한 발 물렀다가 신중히 고르는데,

이 책은 두툼할 수밖에 없는 책이었다. 시간 배경이 2002년부터 2018년인 것을 감안하면 그 두께와 두 권이라는 권수도 결코 많은 양은 아니다.

저자는 소설가 김훈을 스승 삼아 썼다는데, 이 책도 소설가가 쓴 것 못지않게 훌륭했다. 낯설거나 어려운 의학용어 외에는 모든 것이 이해되고 느껴졌다. 단어 하나, 문장 하나도 솜털처럼 섬세하게 써 내려 갔다는 것을 느낄 수 있었다. '어쩜 의사가 이렇게 글을 잘 쓰지?'라고 내내 감탄하며 읽었다.

삶과 죽음의 최전선에서 고군분투하는 환자와 의사의 처절한 이야기를 실감나게 표현했다. 재미있다는 표현이 미안할 만큼 말이다. 책장을 넘길수록 남은 페이지가 줄어드는 게 아쉬웠다. 1권을 다 읽은 후에는 2권이 있어 다행이라 생각했다. 2권까지 다 읽은 후에는 저자에게 제발 다음 권도 써 달라고 부탁하고 싶은 지경이었다.

이 책을 읽고 나는 의료 분야에 관심 갖게 되었고, 대한민국 중증외상 의료 현실에 눈을 떴다. 생명을 다루는 병원의 실정에 정치와 돈이 큰 영향을 끼친다는 사실도 알게 되었다. 또한 의료진의 노고를 가슴 깊이 이해하게 되었고, 의사를 단순히 돈을 잘 벌고 유망한 직업군이자 안정적인 전문직으로만 생각하던 편견도 버렸다.

의료 현장을 더 알고 싶어서 의학 관련 웹툰과 드라마를 찾아보기도 했다. 가끔 뉴스에 이국종 교수와 관련된 이야기가 나오면 아는 사람에 관한 소식을 듣는 것처럼 주의 깊게 살펴보았다. 그저 《골든아워》라는 책 한 권을 읽었을 뿐인데, 그 뒤로 꽤 많은 것이 달라졌다.

책은 두 가지 종류가 있다. 바로 '읽은 책'과 '읽힌 책'이다. 앞서 말한 고전과 인문학은 내가 '읽은 책'이고 뒤에 말한 소설과 수필은 나에게 '읽힌 책'이다. 단 한 글자 차이지만 두 단어의 의미는 엄연히 다르다.

'읽은 책'이란 힘들여 읽지만 남는 게 없는 책이다. 이런 책은 읽어도 책이 머리에 들어오지 않는다. 서툰 번역본을 읽는 것처럼 책장이 잘 넘어가지 않는다. 배경지식이 얕아서 그럴 수도 있지만 어려운 문맥이나 단어가 딱히 없는데도 내용이 자꾸 흩어진다. 꾸역꾸역 다 읽어 내도 읽기 전과 다를 바가 없어 허무하고 맥이 풀린다. '책을 잘못 골랐나?' 싶은 생각이 들면서 책을 읽어 내느라 노력한 시간이 아깝다. 이처럼 억지로 힘주어 읽는 것은 '읽은 책'이다.

반대로 '읽힌 책'이란 쉽게 읽어도 남는 게 있는 책이다. '이렇게 좋은 책을 왜 이제야 만났지?', '이 책을 읽기 잘했다'라는 생각이 드는 책이다. 이런 책은 제목, 목차만 훑어봐도 구미가 당긴다. 제목부터 끌리고 서문도 맘에 든다. 책장이 술술 넘어가고 책 읽는 시간이 행복하다. 다음 내용이 궁금해서 읽는 속도가 빨라지면서도 한 번에 다 읽기 아까운 생각마저 든다.

추위와 배고픔도 잊고 종일 책만 보며 산 사람이 있었다. 조선 후기 실학 사상가이자 독서광인 이덕무가 그랬다. 그는 책에 미친 바보, 즉 '간서치'라는 별명을 스스로 붙이고 의식주 해결이 안 되는 극한 상황에서 《한서》를 이불 삼고 《논어》를 병풍 삼아 살았다. 그가 만난 책은 그에게 '읽힌 책'이었던 것이다.

나도 독서 흐름을 끊기 싫어 식사나 용변을 미룰 때가 종종 있었다. 책에 빠져 기본적인 욕구마저 참는 것이다. 읽힌 책에 빠지면 그 무엇보다 책 읽기가 우선이 된다. 세상에 나와 책만 존재하는 것 같고, 굳이 애쓰지 않아도 책이 그저 술술 읽힌다. 저자에게 감탄하고 공감하면서 보게 된다.

읽힌 책은 한 권을 여러 번 봐도 좋다. 다시 봐도 새롭고 도전과 자극을 주니 어제와 다른 나를 만들어 준다. 아무리 힘들어도 책에서 본 한 문장에서 힘을 얻고 다시 일어설 수 있다. 이렇듯 읽힌 책은 '뭔가 남는 책'이다.

당신은 지금 책을 읽고 있는가? 책이 읽히고 있는가? '읽은 책'과 '읽힌 책'. 이 두 가지를 구분하고 읽어야 행복한 독서를 이어 나갈 수 있다. 그렇다면 읽으려고 노력하는 대신 자연스럽게 읽히는 책을 고르는 방법을 알아보자.

첫째, 처음부터 끌리는가?

첫인상이 중요하다. 제목, 표지, 목차, 저자 소개, 서문 등을 빠르게 훑으며 나와 주파수가 맞는지 판단하자. 이런 단서들을 바탕으로 흥미가 당기면 고르고 아니면 내려놓자. 첫인상으로 빠르게 판단하는 것이다. 음악도 도입부 5~10초에서 받은 인상이 끝까지 가는 경우가 많다. 우리의 예감은 틀리지 않는다. 직감적으로 끌리거나 첫 느낌이 좋다면 선택해 보자.

둘째, 술술 넘어가는가?

첫인상으로 판단하기 어렵다면 작은 꼭지 하나를 골라 훑어 읽자. 술술 읽히는 가독성이 높으면 합격, 자꾸 멈추거나 끊기면 탈락이다. 쉽게 읽혀야 한다.

이 외에도 '책을 읽은 후'의 반응으로 읽히는 책을 아는 방법도 있다. '다른 사람에게 추천하고 싶은가?'에 '네'라고 자신 있게 답할 수 있다면 읽힌 책이다. 감명 깊게 읽힌 책은 진한 여운이 남아서 나 혼자만 알기 아깝다. 주위에 자발적으로 입소문을 내고 싶어진다. 가끔 집에서 아빠가 책을 읽어 보라고 건네줄 때가 있다. 대부분 신앙 서적인데 본인이 읽고 주변 사람들에게 추천하며 꼭 읽어보라고 강권한다. 이렇게 내가 본 책을 다른 사람에게 추천한다는 건 그 책이 당사자에게 '읽힌 책'이기 때문이다.

'읽은 책'과 '읽힌 책'을 구분했다면 이제는 내가 둘 중 어떤 방향으로 책을 읽고 있는지 생각해보자. 내가 책을 읽는지, 책이 나에게 읽히는지를 인지하는 것, 즉 '메타인지'를 발동할 시간이다. 메타인지는 내가 나를 아는 것이다. 공부를 잘하는 학생은 본인이 무엇을 알고 무엇을 모르는지 안다. 자신을 알아야 자신에게 맞는 방법으로 효율적인 공부를 할 수 있다.

책을 볼 때도 그렇다. 내가 책을 제대로 보고 있는지 알아야 한다. 힘만 들고 남는 게 없는 책 읽기(읽은 책)인지, 힘 빼고 읽어도 남는 게 있는 책 읽기(읽힌 책)인지를 구분할 수 있어야 한다.

처음부터 읽을 책을 '잘 고르는 것'이 중요하다. '읽은 책'이 아닌 '읽힌 책'을 만나려면 잘 시작해야 한다. 독서의 효율은 책 고르기에서 결정된다. 물론 책을 항상 잘 고를 수는 없다. 잘못 골랐다고 큰일 나는 것도 아니다. 다시 고르면 된다. 나에게 맞지 않는 책, 힘만 들어가고 남는 게 없는 책에 미련을 두지 말자. 저명한 저자의 책이나 누구나 알 만한 베스트셀러도 예외는 없다.

책은 철저히 저자와 독자 간의 1대1 관계다. 대중의 인정을 받은 책이라도 나와 맞지 않을 수 있다. 의무감에 꾸역꾸역 읽어 봐야 흡수되거나 남는 게 없다. 이렇게 당장 읽히지 않는 책은 일단 넣어 두자. 나중에 그 책이 필요한 상황이 되거나 그 책을 읽을 준비가 되었을 때 다시 살펴보면 된다.

요즘 나는 나에게 맞는 책을 찾느라 깐깐하게 책을 고른다. 잘 읽히지 않는 책은 애써서 억지로 읽지 않는다. 듬성듬성 넘어가기도 하고, 아니다 싶으면 덮어 버린다. 책을 보는 중에도 내가 힘주어 읽고 있는지, 술술 읽히는지 매번 의식한다.

읽힌 책으로만 채워 가기에도 인생은 짧다. 술술 읽힌 책을 늘려 나가며 지속적이고 충만한 독서를 하자. 한 권을 읽더라도 나에게 맞는 '읽힌 책'으로 애쓰지 말고 즐겁게 읽자.

06

다독보다 실천이 핵심이다

나에게는 세 명의 딸이 있다. 두 명은 브라질에, 한 명은 인도네시아에 산다. '컴패션(Compassion)'이라는 국제 어린이 양육기구를 통해 인연을 맺은 아이들이다. 컴패션은 미국 선교사가 한국의 전쟁고아를 돕기 위해 만든 단체로 한 어린이가 자립 가능한 성인이 될 때까지 전인적으로 양육하는 것이 목적이다. 나는 6년 전에 다니던 교회를 통해 이곳을 알게 됐다.

오래전에도 교회에서 월드비전을 소개받은 적이 있다. 하지만 당시에는 마음이 열리지 않았다. 매달 후원금을 내는 것이 부담스러워 후원 신청서를 오빠에게 내밀었다. 오빠 이름으로 후원하고 나도 돈을 보태겠다고 말했다. 아직은 누군가의 인생을 책임지는 게 영 부담스러웠다. 결국 오빠는 작년까지 20년간 아이가 장성할 때까지 후원했고, 지금은 또 다른 두 명을 돕고 있다. 나는 그런 오빠를 보면서도 용기를 내는 것이 쉽지 않았다.

그런 내가 달라졌다. 《왕의 재정》을 읽고 돈에 관한 가치관이 변했기 때문이다. 책을 읽은 뒤에는 내 돈으로 어려운 사람을 도와야겠다고 생각했다. 결심이 흔들리기 전에 남편과 상의하고 브라질에 사는 여자 아이 두 명을 후원하기 시작했다. 컴패션은 월드비전보다 월 후원금이 크지만 아이를 전인적으로 양육하고 재정 투명성을 인정받은 단체라 믿음이 갔다. 무엇보다 지금은 결심을 실천으로 옮길 때라고 생각했다.

《왕의 재정》은 김미진 간사의 수필이다. 젊은 나이에 사업 성공으로 부자가 되었다가 빚보증 문제로 어느 날 갑자기 무일푼이 되고, 고난 끝에 재기한 롤러코스터 같은 인생을 담은 책이다. 굴곡 많은 여정 속에 눈물 나는 사연과 기적 같은 사건이 펼쳐지면서 묵직한 메시지를 준다. 저자는 돈에 대한 올바른 가치관과 쓰임을 성경적 관점으로 말하며 자신의 시행착오와 성공 사례를 가감 없이 공개함으로써 많은 사람들에게 도전을 주었다. 인터넷에 강의 영상도 많다. 나 또한 책을 읽고 영상을 보며 큰 에너지를 받았다.

책 한 권으로 생각을 바꾸고 실천해 보니 '실천이 진리'라는 것을 알게 되었다. 이것을 깨닫고 만난 류은경 저자의《완전 소화》라는 책은 2년이 지난 지금까지도 내 삶을 바꾸고 있는 책이다. 한의사인 저자는 음식, 소화, 건강에 새로운 시각으로 접근하며 건강한 식단을 구체적으로 알려준다. 나는 바로 실천에 옮겼다. 오전에는 과일과 채소 위주로 먹고 밥의 양도 2분의 1 공기나 3분의 1 공기로 줄였다. 운동을 전혀 하지 않았는데도 식습관만으로 한 달에 2~3킬로가 줄었다. 무엇보다 소화가 잘되고 잦은 복통에서 해방돼 정말 속 편히 살 수 있게 되었다.

이전에는 갑작스런 복통 때문에 응급실을 거의 매년 신고식을 치르듯 갔다. 내가 한동안 응급실을 가지 않으면 남편이 '이제 한번 갈 때가 된 것 같은데'라고 말할 정도였다. 하지만《완전 소화》를 만난 뒤로는 응급실에 갈 일이 없어졌다. 책에서 배운 대로 실천했고, 그 결과 건강을 되찾은 것이다.

《왕의 재정》과《완전 소화》, 두 권의 책 모두 나의 인생 책이다. 내 삶을 완전히 바꾸었기 때문이다. 책에서 말하는 그대로 실천했기에 가능했다. 실천 없이 읽기만 했다면 아무 일도 일어나지 않았을 것이다. 내가 책 1000권을 읽고 느낀 것도 바로 이것이다.

'실천하지 않는 독서는 아무짝에도 쓸모가 없다!'

아무리 많은 책을 읽어도 내 생각과 삶이 바뀌지 않으면 의미가 없다. 저자는 열쇠를 줄 뿐 직접 문을 따고 들어가는 것은 독자의 몫이다. 책은 나같이 기부에 인색한 사람도 후원할 수 있게 해 주었고, 나처럼 소화를 잘하지 못해 음식을 먹을 때마다 불안감을 가져야 했던 사람을 속도 편하고 마음도 편하게 만들어 주었다. 이는 모두 책을 읽고 바로 실천했기 때문에 일어난 일이다.

읽는 것에서 끝나는 것이 아니라 작게나마 행동하자. 다독보다 '실천'이 훨씬 중요하다. 물론 다독을 하다 보면 어느 정도 겹치는 메시지가 있어 자연스러운 실천으로 이어질 가능성도 있다. 하지만 한 권을 읽어도 제대로 실천하는 것이 책을 수십 권, 수백 권을 읽는 것보다 낫다. 성경에서도 '행함이 없는 믿음은 죽은 믿음이다'라고 말한다.

실천하지 않는 독서에는 생명이 없다. 그렇다면 실천력을 높이려면 어떻게 해야 할까?

첫째, 작게 시작하자.

부담 없이 시작하는 것이 좋다. 내가 할 수 있는 작은 것부터 해보자. 다이어트를 한다면 식사 시간을 20분으로 늘리기, 식사 전 양치하기 등 간단한 미션부터 시작해야 지치지 않는다. 독서도 그러하다. 책을 읽고 작은 행동부터 시작하자. '지속 가능성'을 염두에 두어야 끝까지 성공할 수 있다.

둘째, 생각하지 말고 행동하자.

일단 실천하기로 한 일은 고민하지 말고 그냥 하자. 단 10분이라도 짬을 내 실천해야 몸에 익는다. 이리저리 머리 굴리지 말고 저스트두잇!(Just do it!) 정신으로 움직여야 한다.

그림 그리기에 대한 책을 본 뒤 '하루에 한 장씩' 그리기로 했었다. 하지만 55일 차를 끝으로 지속하지 못했다. 특별히 바쁘지 않은 하루였는데도 그날따라 오늘 그림을 그릴지 말지 여부를 계속 생각했기 때문이다. 결심했다가도 실행 여부를 다시 생각하면 실천이 어려워진다. 이미 결심한 일은 복잡하게 생각하지 말고 그냥 하자.

셋째, 실천 사항을 적어 붙이자.

눈에 잘 띄는 곳에 실천 사항을 적어 붙이자. 내가 지금까지 어떻게 해 왔는지, 앞으로 어떻게 해야 하는지가 보인다. 과거를 돌아보고 현재를 점검하며 미래에 대한 의지를 다질 수 있다. 보는 것만으로도 실천 의지를 올려준다. 속으로만 생각하고 결심하는 것보다 종이에 써서 붙이는 쪽이 훨씬 효과적이다. 생각보다 간단하고 강력한 방법이다.

지금 우리 집 식탁 옆 벽면과 안방 스위치 위 벽에는 실천 사항을 적은 종이가 여러 장 붙어 있다. 정체돼 있던 일들을 종이 몇 장으로 한눈에 들어오게 한 다음 자주 보면서 추진력을 올린다.

넷째, 꾸준히 하는지 점검하자.

시간이 흐르면 처음 결심이 약해질 수 있다. 그래서 중간 점검이 필요하다. 한 달을 목표로 했더라도 '한 주 단위'로 점검하는 것이 효과적이다. 한 주씩 점검하면 그것이 모여 한 달이 된다. 중간 점검을 하는 이유도 지속 가능성, 즉 꾸준히 실천하기 위함이다.

나는 이제 다독 욕심을 내려놓고 나에게 필요한 책만 읽는다. 물론 책을 사랑하는 마음은 변치 않았지만, 지금은 양보다 '질'을, 다독보다 '실천'을 생각한다. 마치 삶에서 비우고 정리하는 미니멀리즘을 실천하는 것처럼 독서에도 미니멀리즘을 추구하고 있다. 많은 책을 한 번에 쟁여 놓고 보지 않고, 손이 가지 않는 책은 주기적으로 정리한다. 반면 나에게 필요한 책은 꼼꼼하게 선별해 제대로 반복해서 실용적으로 읽는다.

실천이 마음처럼 되지 않거나 이미 결심한 일이 흐트러지려 할 때는 어김없이 '저스트두잇!'을 크게 구호처럼 외친다. 그렇게 하면 다시 시작할 수 있고, 계속할 수 있다. 실천의 시작은 '결심'이고 실천의 끝은 '꾸준함'이다.

실천은 우리의 평생 숙제다. 습관은 형성하는 것도 힘들지만 한 번 형성된 습관을 고치는 것 또한 힘들다. 그것을 바꾸거나 극복하는 데는 강한 의지가 필요하다. 고(故) 김수환 추기경이 머리에서 가슴으로, 가슴에서 발로 내려오기가 어려웠다고 말한 것처럼 말이다.

책을 읽은 사람 중 실천까지 하는 사람은 소수다. 하지만 그 사람의 미래는 분명 남다르고 특별해질 것이다. 다독보다 실천이 핵심이다. 내 삶을 바꾸는 마스터키는 독서 후 '실천'에 있다는 점을 명심하자.

07

나는 똑똑한 독자가 되기로 했다

나를 잘 안다고 자부하는 남편이 내게 종종 하는 말이 있다.

"자기는 사기 치기 딱 좋은 스타일이야."

부인하고 싶지만 사실이다. 전화로 걸려 오는 콘도 광고를 듣고 고가의 쿠폰을 샀다가 취소를 하지 못해 몇 달간 우울증이 온 적도 있다. 전화 광고만 듣고 보험 상품에 덜컥 가입했다가 뒤늦게 후회하기도 했다. 이제는 광고 전화가 오면 초반에 끊어 버리지만 그러기까지 15년도 넘게 걸렸다.

요즘엔 많이 줄었지만 예전에는 학교에 판매원이 수시로 들어왔다. 한번은 화장품 판매원 말만 듣고 한 달 월급을 훌쩍 넘는 화장품세트를 사기도 했고, 나에게 맞지도 않는 10년짜리 변액보험 상품에 큰 금액으로 가입했다가 보험금을 매달 내느라 애를 먹기도 했다.

해외여행을 가서도 나는 영락없는 '호구' 고객이었다. 태국에서 가이드가 소개하는 쇼핑몰에 들어갔다가 파란 보석이 박힌 반지가 예뻐 보여서 꽤나 비싼 돈을 주고 충동구매를 했다. 그것도 현금이 부족해 다른 사람의 카드를 빌려서 사기까지 했는데, 알고 보니 사파이어처럼 생긴 그 보석은 모조품이었다.

뉴질랜드에 갔을 때도 공장을 둘러보다가 아저씨 말만 듣고 수백만 원짜리 알파카 카펫이며 수십만 원짜리 양털 이불 세트를 여러 개 샀다. 백화점은 잘 가지도 않으면서 백화점보다 훨씬 싸다는 말만 믿고 덜컥 산 것이다. 그때 산 침구류는 신혼 때 조금 쓰다가 말았다. 웃프게도 지금은 인터넷이나 마트에서 골라온 저가의 침구를 아주 편하게 쓰고 있다.

사실 나는 지금도 귀가 얇다. 내가 생각해도 팔랑 귀다. 부모님과 오빠도 귀가 얇은 편인데, 이런 성향도 DNA에 있는 건가 싶다. 나도 다른 사람의 말 한마디에 흔들리거나 속지 않는 똑똑한 사람이 되고 싶은데, 세상이 험한 건지 내가 순진한 건지 그게 잘 안 된다.

책을 읽을 때도 '3년간 1000권을 읽으면 작가가 된다'라는 말만 믿고 그저 달렸다. 많은 것을 포기하고 그 목표를 달성했지만, 기억이 잘 나지 않는 책의 권수가 쌓였을 뿐 아무 일도 일어나지 않았다.

하지만 이 일은 그저 허무함만 남기지는 않았다. 사람을 믿었다가 속은 것보다 더 쓰라리고 아팠던 독서의 배신이 오히려 나를 급격히 변화시켰다. 더는 갈대처럼 흔들릴 수 없었다. 줏대 없이 남의 말대로 생각하거나 행동하는 나를 끊어야 했다.

'읽기만 하는 바보'가 되지 말고, '똑똑한 독자'가 되기로 결심했다. '똑똑한 독자가 되는 법'은 다음과 같다.

첫째, '나만의 방식'을 찾았다.

예전에는 책을 읽고 쓰는 방식을 책에서 알려준 대로 따라 하기만 했다. 그 사람의 방식과 비법은 하나의 예시일 뿐인데, 나는 그것이 빨리 가는 정답이라고만 생각했다.

저자의 말대로 따라 해 보니 유용한 점도 있었지만, 남의 옷을 입은 것처럼 어색했다. 숙제를 하는 것처럼 여겨지기도 했다. 나에게 맞는 스타일이 아니기 때문이다. 누군가의 비법이 방향 제시가 될 수 있고, 좋은 참고가 될 수는 있을지언정 나에게 꼭 맞는 정답은 아니라는 것을 깨달았다.

좋은 것은 취하되 나의 주체성을 더하기로 했다. 나만의 방식으로 책을 읽고 쓰는 방식을 고민해 나가고 체계화했다.

둘째, '고정관념'을 깼다.

나는 한 번 읽기 시작한 책은 처음부터 끝까지 다 읽어야 한다는 의무감이 있었다. 전체를 다 읽지 않고 책을 봤다고 하는 건 나를 속이는 것 같았다. 그래서 일단 시작한 책은 지루하고 어려워도 끝까지 봤다. 하지만 이제는 중간에 덮기도 하고, 필요한 부분만 골라 보기도 한다.

책을 보는 순서도 마찬가지다. 나는 책을 앞에서부터 차례대로 봐야 한다고 생각했다. 저자는 내용이 연결되게 순차적으로 썼을지라도 독자는 굳이 그럴 필요가 없다. 구미에 당기는 부분부터 시작해서 띄엄띄엄 봐도 되고, 필요한 부분만 순서에 상관없이 발췌해서 봐도 된다.

책을 보는 방식과 순서에 대한 고정관념을 깬 뒤로는 책을 보는 방식이 자유로워졌다. 시간도 더 효율적으로 사용하게 되었다.

셋째, 책을 고르는 '안목'을 높였다.

예전에는 베스트셀러 위주로 책을 골랐다. 이제는 참고만 할 뿐 저자의 후광을 무조건 믿지는 않는다. 대중의 사랑을 받았어도 나한테 맞지 않을 수 있다는 것을 알았기 때문이다. 예쁜 표지와 눈에 띄는 제목, 인지도 있는 유명 작가의 이름이 새겨져 있어도 내 마음이 움직이지 않는 책은 고르지 않는다. 좀 더 나에게 맞춰 '읽힐 수 있는' 예리한 안목으로 책을 고른다.

넷째, '인생 책'을 만나면 자주 보았다.

이전에는 나랑 잘 맞는 책, 마음에 쏙 드는 책을 만나면 일단 사서 읽고 책장에 꽂아 두었다. 책을 소유한 것으로 만족했다. 책을 제대로 가진다는 것은 책의 내용을 머리와 가슴에 담는 것인데, 나는 소장하는 것으로 그칠 때가 많았다. 몇 년이 지나도 펼쳐 보지 않고 꽂아만 두었던 것이다.

하지만 이제는 인생 책을 소장하는 것만으로 만족하지 않는다. 마음에서 잊을세라 기억에서 사라질세라 보고 또 본다. 잘 기억하고 실천해 내 것으로 소화될 때까지 말이다.

다섯째, '비판적으로' 읽기 시작했다.

처음에는 작가의 말이 무조건 옳다고 생각하며 읽었다. 저자는 나보다 똑똑하고 연구도 많이 한 전문가니까 전적으로 믿어야 한다고 생각했다. 그랬더니 하나의 문제를 두고 서로 다른 의견을 내는 저자 사이에서 내 생각도 널뛰기처럼 뛰었다.

이제는 나의 생각을 중심에 두고 읽는다. 과연 그러한가, 라는 질문을 던지고 다양한 생각을 하며 비판적으로 읽는다.

나는 이제 누군가에게 쉽게 속지 않는다. 줏대 없이 이리 저리 흔들리지도 않는다. 소신 있게 내 길을 가고, 소신 있게 책을 읽는다. 똑똑한 독자가 되면서 주체적인 내가 되었기 때문이다.

나만의 방식을 찾고 고정관념을 깨는 책 읽기를 하자. 책을 고르는 기준을 나에게 맞추고, 나만의 인생 책을 완전 소화하자. 무조건 수용하는 읽기가 아니라 질문을 던지고 다양하게 생각하는 읽기를 하자. 슬기로운 독자가 돼야 슬기로운 인생이 될 수 있다.

08

열심히 읽지 마라, 제대로 읽어라

대학교 2학년 때 바이올린을 배우기 시작했다. 입학할 때는 윤리교육과로 들어갔지만 2학년이 되면서 음악교육과로 옮겼다. 음악교육과에 가면 악기 하나를 익히고 졸업할 수 있어 실용적이라고 생각했다.

같은 과에서 바이올린을 전공한 친구는 나보다 1년을 앞서고 있으니 나도 빨리 따라가야 한다고 생각했다. 다행히 어릴 때 배워 둔 피아노가 큰 도움이 됐다. 악보 이해력이 빨라 진도가 잘 나갔다. 시작은 순탄했다.

"너 활 쓰기가 왜 그러니? 노 젓니?"

어느 날 바이올린 선생님이 내가 활을 쓰는 모습에 대해 심각한 표정으로 이야기해 주었다. 정상적인 활 쓰기는 활이 바이올린 줄 위를 90도 수직으로 올라갔다 내려오는 것이다. 나는 올라갈 때와 내려갈 때 모두 활이 대각선으로 비스듬히 누워서 움직였다. 게다가 올라갈 때와 내려올 때 활 방향이 정반대였다. 밖으로 밀었다가 안으로 당기는 동작을 반복하는 모습은 정말 노를 젓는 것같이 가관이었다. 언제부터 그랬는지 기억도 나지 않는다.

“열심히 하는 건 좋은데 바이올린에서 활 쓰기는 기본이야. 걷기 준비가 안 된 아이가 빨리 걸으려 하면 다리가 휘어서 뒤뚱거리는데 지금 네 모습이 딱 그래.”

노 젓기부터 휜 다리로 뒤뚱거리는 아이의 모습이라니. 내심 충격이었지만 선생님 말씀이 맞았다. 내 활 쓰기는 비정상이었고 고쳐야 했다. 더 이상 우스꽝스럽게 활을 그을 수 없었다. 그 후로 바이올린을 연습할 때마다 거울이나 피아노에 비친 활 모습을 수시로 확인했다. 조금씩 나아지긴 했지만, 몸에 굳은 습관 때문에 정상적인 자세가 오히려 어색하게 느껴졌다. 잘못된 자세를 벗어나 정상적인 자세가 될 때까지 꽤 많은 시간이 걸렸다.

결혼하고 4년 뒤에 골프를 시작했다. 나보다 먼저 골프를 시작한 남편이 주말이면 혼자 골프 라운딩을 나가곤 해서 처음에는 골프를 나쁘게만 생각했다. 그러다 '같이 라운딩 나가면 좋겠다'는 옆집 아주머니의 말 한마디에 마음이 움직여 골프를 시작했다.

그 바쁜 3월, 화장실 갈 새도 없이 분주한 학교 생활을 마치고 퇴근길에 연습장으로 직행했다. 초반 3개월은 지루하고 재미없었지만 이미 수개월 치 등록을 해 놓았고 골프용품도 사서 포기할 수 없었다. 1년 뒤 휴직을 하면서 본격적으로 연습했다. 하다 보니 재미도 있고 타수를 줄이고 싶은 욕심도 생겨 열정을 가지고 연습장을 다녔다. 관련 책도 사고 영상도 찾아보면서 나름대로 연구를 했다.

하지만 이상하게도 막상 필드에 나가면 생각처럼 되지 않았다. 손바닥에 물집이 잡히고 그립이 패일 정도로 연습했지만, 1년이 지나도록 타수가 100타 근처로 내려오지 않았다. 한번은 무리하게 드라이버 연습을 하다가 갈비뼈 부위가 아프고 숨쉬기도 힘들어 한 달가량 고생하기도 했다.

몸과 마음을 다해 연습하고 라운딩을 자주 나갔음에도 실력이 좀처럼 나아지지 않자 슬럼프가 오고 회의감이 들었다. 이 정도 노력했으면 이제 나아질 때도 됐는데, 다른 운동과 달리 골프는 실력이 오랫동안 정체되거나 후퇴하기도 했다. 그동안 골프에 들인 시간과 노력, 비용이 아까웠다.

바이올린도 골프도 열심히 했지만, 열심히 하는 것만으로 달성되는 것이 아니었다. 나에게 필요한 것은 공들이는 시간과 노력보다 올바른 '방향'과 제대로 된 '방법'이었다. 성공한 사람에 대해 말할 때 '1만 시간의 법칙'을 이야기한다. 특히 악기를 다루거나 운동처럼 몸을 쓰는 기술로 성공한 사람은 1만 시간 이상을 투자한 사람이라는 것이다. 1만 시간을 투자하기만 하면 누구나 성공할 수 있을까? 절대 시간만 넘긴다고 모두가 원하는 결과를 얻는 것은 아니다. 성공하려면 시간 투자와 더불어 '제대로' 된 연습이 필요하다.

'열심히 공부하면 성공한다.'

학창 시절 붙들고 믿었던 이 명제도 마찬가지다. 열심히 노력하면 정말 성공할 수 있을까?

고3 때 수학 성적을 올리려고 열심히 노력했다. 모의고사 성적에서 내 발목을 붙잡은 건 수리영역이었기 때문이다. 수학은 지금도 약하다. 수리영역은 100점 만점에 60점 언저리가 내 한계였다. 단순한 문제는 괜찮은데 조금이라도 응용이 들어가면 어려웠다.

교과서에 나온 문제만 출제되는 내신은 문제를 푸는 방식을 달달 외워 100점을 맞았지만, 수능에서는 이 방법이 전혀 통하지 않았다. 엄마한테 도저히 내 힘으로 못하겠다고 하소연을 하자 수학을 전공한 대학생 과외 선생님으로 구해 주었다. 밤

11시에 졸음을 참아가며 거금인 30만 원짜리 과외를 받았다. 하지만 결과적으로 점수 향상에 도움이 되지 않았다. 수학 공부를 열심히 했지만 '제대로' 하는 방법을 몰랐다.

《꿈은 모르겠고 취업은 하고 싶어》의 저자 금두환 씨는 '빠른' 선택이 아니라 '바른' 선택을 하라고 말한다. 저자는 자신이 컨설팅을 한 학생 중 상당수가 1년 만에 회사를 나온 것을 보며 빠르게 취업하는 것보다 바르게 취업하는 게 중요하다는 것을 깨달았다고 한다.

부모가 시키는 대로 열심히 공부해서 명문대에 들어간다 해도 그것이 끝이 아니다. 과학고, 카이스트까지 진학했다가도 뒤늦게 자신의 적성과 정체성을 고민하다 학교를 나오는 경우도 많다. 취업을 하려고 수년간 학원에 다니며 시간과 돈을 쏟아부었다가도 다른 길을 찾아가는 경우도 비일비재하다. 방향을 모른 채, 전체를 보지 못한 채 그저 열심히 빠르게만 매진한다면 아무리 공들여 쌓은 탑이라도 중심을 잃고 무너지고 만다.

나는 성실함 하나는 자신 있었다. 머리가 썩 좋진 않아도 근성이 있어서 공부도 독서도 열심히 했다. 하지만 아무리 열심히 해도 노력 대비 효과가 미미하다는 것을 여러 번 체감했다. 시간은 어느 누구 못지않게 투자하는데 결과는 그에 비례하지 않아서 매번 좌절했다.

올바른 방향을 잡고 제대로 된 방법을 찾는 데 먼저 신경을 썼다면 더 효율적이고 생산적이었을 것이다. 그렇게 처음부터 중심을 잡은 다음 내 근성이 더해졌다면 충분한 시너지를 낼 수 있었을 것이다. 책을 읽는 것도 마찬가지다. 속도보다 방향이, 열심히보다 제대로가 먼저다. 잠시 멈춰서 내가 가는 방향이 맞는지, 내가 책을 읽고 활용하는 방법이 옳은지 점검해 볼 필요가 있다.

억지로 읽지 말고 술술 읽히는 책을 찾아 읽고, 다독보다 실천을 목표로 하자. 그래야 읽기만 하는 바보가 아닌 똑똑한 독자가 될 수 있다. 이제 열심히 읽지 말고 '제대로' 읽자.

다음 장부터는 '완전 독서법'을 구체적으로 알아 갈 것이다. 탄탄한 독서 내공을 쌓는 '세 번 읽기'의 중요성과, 읽고, 쓰고, 실천하는 '3단계 실용 독서법'을 3장과 4장에서 자세히 안내하겠다.

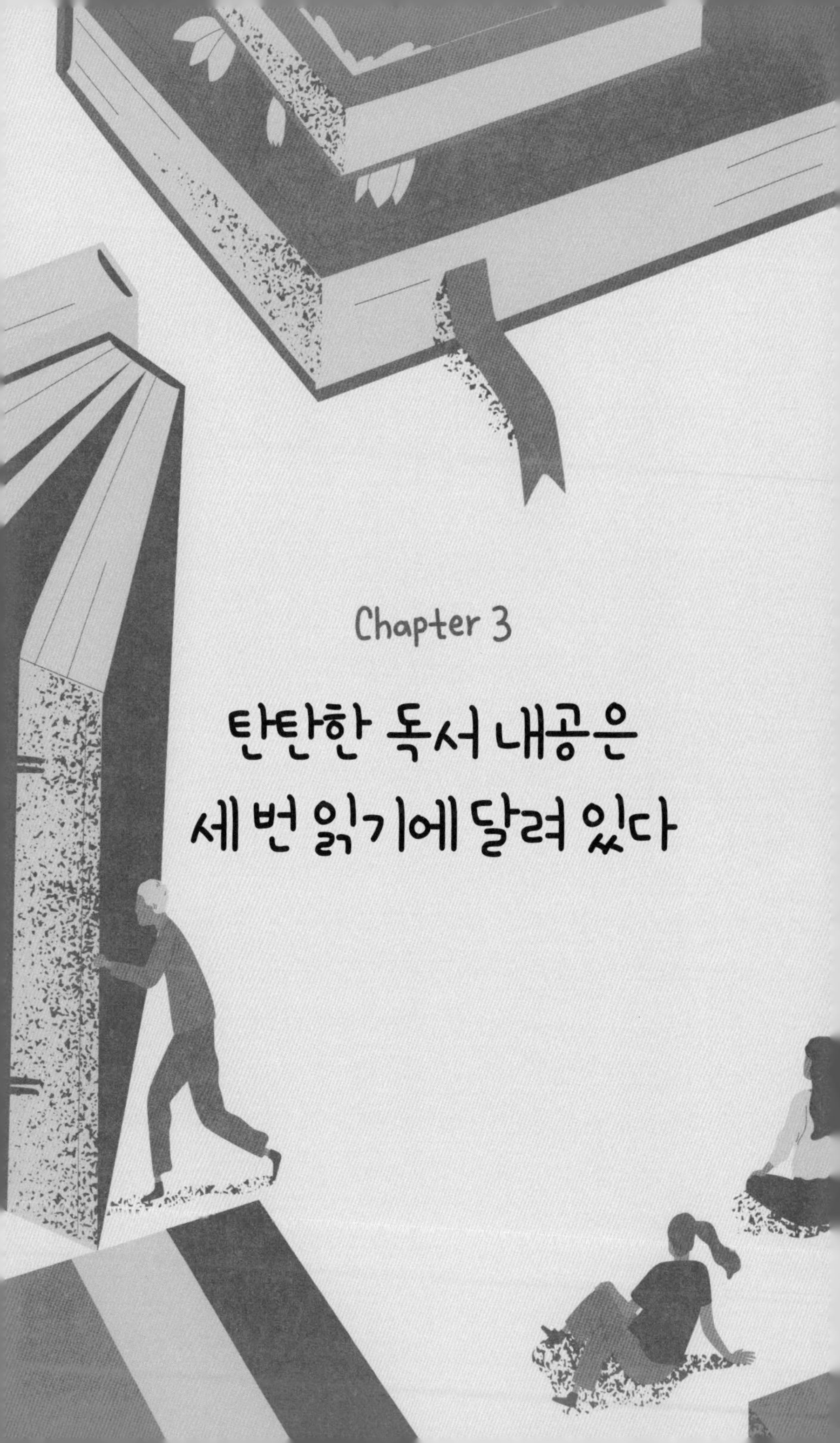

Chapter 3

탄탄한 독서 내공은 세 번 읽기에 달려 있다

01

한 번 읽고 다 안다고 생각했다

남편과 영화를 보고 나면 남편은 꼭 내게 이렇게 묻는다.

"다 이해했어?"

그럼 나는 미심쩍은 부분을 떠올리며 내가 이해한 것이 맞는지, 그 상황에서 그 사람이 왜 그랬는지 등을 물어본다. 영화를 보고 나서 남편에게 질문을 잘하는 편이라 이제는 아예 본인이 먼저 묻는다. 집에서 볼 때는 중간에 나오는 중요한 단서를 내가 놓치지 않았는지 바로 확인하기도 한다. 남편이 나보다 관찰력도 좋고 이해가 빨라 영화를 볼 때 많이 의지하는 편이다.

영화를 재미있게 보려면 디테일을 놓치지 말아야 한다. 한 번만 봐서는 감독이 숨겨둔 장치를 다 발견하기 어렵다. 그래서 나는 제대로 보고 싶은 영화가 있으면 파일을 저장해 두었다가 시차를 두고 다시 본다. 그럴 때 남편은 "우리 ○○영화 복습할까?"라고 말한다.

학년말이면 아이들에게 영화를 보여줄 때가 있는데 같은 영화를 적어도 세 번 이상 보게 된다. 이때도 서너 번 본 뒤에야 이전에 놓친 장면이나 대사가 눈에 들어오는 경우가 있다. 그러면 이전보다 이야기의 전개가 더 쫀쫀하게 다가온다. 듬성듬성하던 퍼즐이 꽉 차게 들어맞는 기분이다.

이야기를 시각으로 구현하는 영화도 한 번으로 부족한데 책은 말해 무엇하랴. 작가가 오랜 시간 고심하고 연구해서 만든 생각 덩어리를 평면에 펼쳐 놓은 것이 책이니, 제대로 이해하는 것은 한 번으로 부족하다. 따라서 한 번 읽고 책의 내용을 모두 이해했다고 생각하는 태도를 조심해야 한다. 영화도 복습이 필요한 것처럼 책도 그렇다.

남편의 알레르기 비염이 갑자기 심해졌다. 약을 먹어도 두 달이 넘도록 증상이 완화되지 않았다. 걱정돼 관련 책을 찾아 읽고 주말에 이야기하려는데, 중요한 용어가 떠오르지 않고 치료법도 잘 생각나지 않았다. 코에 스프레이를 뿌려야 한다는 내용만 어렴풋이 떠오를 뿐이었다.

읽을 때는 분명히 제대로 이해했다고 생각했는데 기억에만 의존하니 한계가 있었다. 이제는 책에서 공유하고 싶은 내용을 찾으면 사진을 찍어 바로 보내거나 노트에 정리한 뒤 보여 준다. 말로 모호하게 설명하는 것보다 이 방법이 더 효과적이다.

책을 한 번 읽고 다 안다고 생각하는 것은 착각이다. 처음 읽는 일독은 책의 표면, 즉 텍스트를 훑는 단계이기 때문에 책을 온전히 이해하기 어렵다. 책의 메시지가 정확히 각인되거나 충분히 흡수돼 필요할 때 핵심을 바로 말할 수 있어야 비로소 안다고 할 수 있다. 공부할 때 '학(學)'에만 머물지 말고 '습(習)'도 병행해야 하듯 책도 그렇다. 배운 뒤에는 반복해서 익히며 내 것으로 만들어야 한다.

반복해서 익혀야 하는 것은 악기도 마찬가지다. 서툴러도 내가 계속 해 보며 익히는 과정이 필수다. 어릴 때 내게 피아노를 가르쳐 주시던 선생님은 악보마다 동그라미를 열 개씩 그려 놓고 한 번 연습할 때마다 동그라미에 'X'표를 하라고 하셨다. 나는 'X'표를 하는 맛에 피아노를 쳤지만, 실상은 선생님의 의도대로 반복 연습을 한 것이다.

새 악보를 대할 때는 박자, 리듬, 가락이 낯설어 더듬거리며 연주한다. 반복하는 횟수가 늘어날수록 악보가 눈에 잘 들어와 연주가 자연스러워진다. 실수는 줄어들고 자신감은 향상된다. 곡이 점차 내 것이 된다.

학교에 복직하면서 배구를 다시 시작했다. 대선에서는 봄, 가을에 교사들이 참여하는 큰 규모의 배구 대회가 열린다. 배구에 관심 있는 수십 개의 학교가 이틀에 걸쳐 경기를 치른다. 보통 학교에서 매주 수요일 오후에 배구를 하는데, 대회를 앞두고는 월요일 퇴근 후에도 모였다. 주 2회로 연습량이 늘어나니 일주일에 한 번만 연습할 때보다 공을 만지는 감각도 좋아지고 심리적으로도 안정감이 생겼다.

금요일에는 퇴근 시간도 미루고 여자 선수들끼리 모여서 서브 연습만 중점적으로 했다. 여자는 서브만 잘해도 제 몫의 반절은 하는 셈이라 소홀히 할 수 없었다. 팔이 뻐근하고 주먹에 멍이 들어도 네트를 넘겨야 한다는 일념으로 집중해서 연습했다.

내가 만약 큰 학교에 있었다면 후보 선수였을 것이다. 그만큼 내 실력은 하위였다. 하지만 팀에 보탬이 되고 싶은 마음은 누구 못지않게 간절했다. 대회에 임박해서는 선수들끼리 주말에도 학교에 나와 자체 연습을 했다.

대망의 대회 날, 내 서브 순서가 돌아올 때는 심장 소리가 귀에 들릴 정도로 긴장했지만, 그동안 쌓은 노하우를 떠올리며 루틴대로 공을 날렸다. 예선 두 번째 경기에서 강팀을 만났는데 놀랍게도 내 서브가 대여섯 개나 연속해서 성공했다. 단순히 네트만 넘어간 것이 아니라 상대 선수가 못 받는 서브에이스였다! 나뿐 아니라 학교 선생님들도 놀라워했다.

나는 우리 팀의 소위 '구멍'이었는데 기대 이상으로 선전했다. 사실 내 공은 높이만 뜨고 뒷심이 없어서 갑자기 툭 떨어졌는데, 상대 선수는 높이 오는 공을 보고 자세를 조금만 낮추다가 번번이 놓쳤다. 서브만큼은 실패하지 말자고 다짐하며 수시로 연습했던 시간이 드디어 빛을 본 것이다.

나는 우리 팀에 도움이 되었다는 사실이 기뻤다. 일주일에 세 번씩 배구 연습을 할 때마다 미리 나가서 연습하고, 남아서도 연습하던 '반복의 힘'으로 얻은 뿌듯한 선물이었다.

맛집 방문도 그렇다. 나는 맛집을 발견하면 적어도 세 번 이상은 가는 편이다. 처음에 받은 감동을 다시 느끼고 싶고, 다시 가도 좋은지 확인하고 싶어서 재차 방문하곤 한다. 갈 때마다 만족하면 맛집으로 인정하고 주변에 알린다. 일관성 있는 음식의 맛과 정성, 그리고 내가 받은 감동을 말하면서 말이다.

간혹 처음에는 마음에 들었는데 두 번째나 세 번째에 실망하는 때도 있다. 그런 곳은 다시 가지 않는다. 여러 번 가도 변함없는 음식과 서비스를 제공한다고 느껴져야 진정한 맛집이기 때문이다.

영화나 책을 한 번 접하는 것만으로는 충분히 기억하고 이해하기 힘들다. 악기 연습이나 운동 연습도 반복하지 않으면 체화되지 않는다. 또한 아무리 소문난 맛집도 나에게는 세 번의 검증이 필요하다. 이처럼 반복은 필요하고 중요하다.

여러 번 반복할 때 비로소 익혀지고, 충분히 체화된다. 공부도 하면 할수록 더 집중적으로 파고들어야 할 부분이 보이는 것처럼 어떤 분야를 파고들 때도 반복해서 매진해야 더 자세하고 정확히 보인다. 제대로 알고 익히고자 하는 일은 더 그렇다.

책을 한 번 읽고 다 안다고 생각하면 오산이다. 재독, 삼독할 때 보이는 게 다르고 받아들이는 게 다르다. 씹으면 씹을수록 풍미가 느껴지는 음식처럼 반복해서 읽을수록 이해가 깊어진다. 처음 읽을 때 그냥 지나친 부분도 재독할 때 훨씬 눈에 잘 들어온다. 기억에도 오래 남는다.

이제 나는 한 번 읽는 책이 거의 없다. 애초에 책을 선별할 때 나에게 맞는 책, 충분히 소장 가치가 있는 책, 두고두고 읽고 내 것으로 만들 책을 고르기도 하지만, 책을 읽는 진정한 묘미는 재독, 삼독에 있기 때문이다. 마치 초벌구이 해 놓은 고기를 구워 먹을 때 더 깊은 풍미를 느끼며 맛있게 먹을 수 있는 것처럼, 이미 텍스트가 익숙해진 책을 다시 읽으며 처음 읽을 때는 몰랐던 내 시선과 생각을 발견하는 과정이 흥미롭다. 삼독을 할 때는 내용을 파악하거나 이해하기보다 리듬 타듯 여유 있게 책을 음미할 수 있어서 더 좋다.

한 번 읽는 걸로 끝나는 많은 책을 소장하기보다 여러 번 읽어서 완전히 내 것이 된 책을 소장하는 편이 훨씬 의미 있다. 한 번 읽고 다 안다고 생각하는 대신, 여러 번 읽으며 책을 온전히 이해해보자. 재독, 삼독으로 깊이가 더해지는 독서의 즐거움을 만끽해보자.

02

왜 두 번도 아니고 세 번 읽어야 할까?

나는 결혼하기 전에 남자를 많이 만나 봤다. 대학교 1학년이던 열아홉 살부터 이성을 만나기 시작해서 스물아홉 살에 남편을 만났으니 약 10년간 반쪽 찾기를 한 셈이다.

사람을 만나 보면 처음부터 끌리는 사람도 있지만 그렇지 않은 경우도 많다. 그건 상대도 마찬가지여서 서로 마음에 맞는 사람을 만나기 쉽지 않다. 내가 상대를 마음에 들어 하면 상대가 시큰둥해하고, 반대로 내가 마음이 없을 때는 상대가 호감을 보이곤 한다. 그러한 경험 때문인지 백영옥 저자의 《빨강머리 앤이 하는 말》을 읽다가 다음 구절에서 시선이 멈췄다.

"내가 아는 가장 큰 사랑의 기적은 내가 좋아하는 사람이 동시에 나를 좋아해 주는 것이다. 하지만 현실은 두 사람이 연애한다 해도, 언제나 시차와 낙폭이 발생하기 마련이다."

나도 서로 다른 마음의 크기와 타이밍 때문에 연애가 어려웠다. 가장 난감한 것은 첫 만남 이후 두 번째 만남 여부를 정하는 것이었다. 특히 첫인상이 마음에 들지 않은 상대가 다시 만나자고 할 때면 어떻게 반응해야 할지 고민됐다. 이미 마음은 정해졌지만 그래도 예의상 한두 번 더 만나는 게 좋은지, 아니면 초반부터 거절하는 게 좋을지 정하기 어려웠다. 마음에도 없으면서 두 번째 만남을 수락하면 나도 마음이 있는 것처럼 보일까 봐 조심스러웠고, 괜히 기대하게 했다가 나중에 상처를 주면 그게 더 나쁘지 않을까, 라는 생각도 들었다.

그럼에도 한 번만 만나고 거절하기 미안해서, 그리고 어쩌면 더 만나 보면 내 마음이 긍정적으로 바뀔 수 있지 않을까, 라는 생각에 적어도 세 번은 만나 보기로 했다. 잠깐 보는 한두 번으로 상대를 다 알 수는 없다고 생각해 일명 '세 번 보기 법칙'을 정한 것이다.

신기하게도 세 번 이상 만나다 보면 처음과 생각이 달라지는 사람들이 있었다. 처음엔 별로라고 생각했는데 여러 번 만나 보니 상대의 좋은 점과 숨은 매력이 보이기 시작하면서 호감이 생겼다. 첫인상만으로 판단했다면 처음 사귄 사람도 그 남자가 아니었을 것이다. 하긴 나도 나를 모르는데, 타인을 한 번 보고 어떻게 다 파악할 수 있을까.

책도 사람이다. 책은 사람이 쓰기 때문이다. 사람을 세 번 보고 판단하듯 책도 그렇다. '세 번 보기 법칙'은 책을 읽을 때도 적용되는 것이다. 책도 세 번은 봐야 한다. 더 알고 싶은 책이라면 더더욱. 책은 사람보다 대하기가 쉽다. 상대가 좋아서 다시 보려 할 때 괜히 눈치를 보거나 자존심을 따질 필요가 없다. 내가 원할 때 언제든지 얼마든지 편하게 만날 수 있다.

책과의 만남은 재회 여부에 따라 다음과 같이 세 가지로 나눌 수 있다. 일명 '이별, 만남 기약, 재회 확정'이다.

먼저, 나와 전혀 맞지 않고 다시 보고 싶은 마음이 전혀 없다면 덮어 두자. 미련을 두지 말고 깨끗이 헤어지자. 그래도 책은 상처받지 않는다. 너와는 '이별'이다.

다음으로, 지금은 내용을 이해하기 어렵고 필요하지 않지만, 나중에 다시 보고 싶거나 필요할 것 같으면 일단 덮어 두자. 서로 타이밍이 안 맞을 뿐이니 다음을 기약하자. 이것은 '만남 기약'이다.

마지막으로, 마음이 통하고 지금 봐도 좋으면 조만간 약속을 잡자. 더 알고 싶은 책은 두 번도 부족하다. 적어도 세 번 이상은 만나야 한다. 너와는 '재회 확정'이다.

그렇다면 책과 두 번, 세 번 만나는 '간격'은 어느 정도가 좋을까?

두 번째 만남은 '일주일' 안에 잡는 게 좋다.

첫 만남과 두 번째 만남의 간격은 짧을수록 좋다. 책을 내 시야가 자주 머무는 곳에 두고 일주일 정도의 시간차를 둔 후 다시 보자.

세 번째 만남은 '한 달' 안에는 잡는 게 좋다.

처음 만난 날을 기준으로 한 달이다. 날짜를 확인하고 한 달을 넘기지 않게 달력이나 다이어리에 표시해 두면 좋다. 책을 다시 읽을 수도 있지만, 인상 깊은 구절을 중심으로 훑어보거나 독서 노트와 함께 살펴보는 것도 좋다.

어느 날 집에 갔더니 엄마가 식탁에서 돋보기를 쓰고 성경을 읽고 있었다. 엄마는 내게 말했다.

"이렇게 읽으니 정말 좋다. 사사기만 열 번 읽고, 룻기도 열 번 읽고 이렇게 같은 것을 여러 번 읽으니까 이해도 잘되고 정말 좋아."

엄마는 올해 성경 10독을 목표로 틈나는 대로 성경을 보신다. 처음부터 끝까지 읽는 것보다 하나를 여러 번 읽는 것이 좋다고 했다. 읽는 속도도 빠르고 이해도 잘돼 읽는 맛이 난다고 했다. 인구건조증이 있어 수시로 안약을 넣으면서도 눈 건강보다 성경 읽기에 열심이다. 엄마에게 성경은 1년에 열 번이라도 다시 만나고 싶은 상대다.

같은 책을 반복해서 읽으면 이해력이 좋아지고, 소요 시간은 짧아진다. 또한 반복해서 볼수록 머리에 오래 확실히 남고 실천 의지도 높아진다.

나는 10년 이상 정체된 삶에 의문을 가지면서 '한 번 읽고 덮어 버리면 남는 게 없다'라는 사실을 깊이 깨달았다. 그 뒤로 내 독서 습관을 의식했고, 한 번 읽고 마는 습관을 바꿨다. 재독할 때는 책의 전체적인 분위기와 내용이 낯이 익으니 새롭게 시선이 머무는 부분들이 생겼고, 책을 읽고 나서 생각과 느낌이 더 짙어졌다. 삼독할 때는 책에서 인상 깊은 부분 위주로 파악이 되면서 나에게 적용하고 활용할 수 있는 부분이 보였다. 실천 의지가 확고해지면서 자연스럽게 행동으로 연결되었다.

《꿈을 이루는 독서법》에서 이토 마코토는 똑같은 책을 반복해 읽으면 무슨 일이 일어나는지 다음과 같이 말한다.

"나는 중요한 책은 반드시 두세 번씩 읽는다. 그리고 읽을 때마다 새롭게 깨닫고 감동한다. 책을 읽은 뒤의 자신이 읽기 전의 자신과 다르다고 느낀다면, 그것은 자신이 독서를 통해 성장했기 때문이다."

이 부분을 읽고 세 번 읽기에 더욱 자신감을 가지게 되었다. 나 또한 같은 책을 여러 번 읽으면서 새롭게 깨닫고 감동한 적이 많았다. 읽는 횟수가 늘어날 때마다 달라진 내가 느껴졌다. 이처럼 성장하는 책 읽기의 기본은 여러 번 읽는 방식에서 비롯됨을 확신했다.

앞서 이야기한 《왕의 재정》이라는 책도 여러 번 읽으면서 행동에 행동이 더해졌다. 한 번 읽고 컴패션에 두 명의 아동을 후원하기 시작했고, 두 번 읽고는 교회에 구제헌금을 내기 시작했다. 세 번 읽고 나서는 후원 아동을 두 명 더 늘렸다.

사실 한 번 읽고 나서 후원을 시작했을 때, 막상 시작은 했지만 시간이 지날수록 내가 과연 두 명을 끝까지 책임지고 후원할 수 있을까 하는 걱정이 들었다. 하지만 책을 반복해서 읽다 보니 후원을 결정한 것에 대한 믿음과 확신이 생겼다. 지금의 나는 아이를 후원하는 돈은 십일조처럼 내 것이 아니라고 생각한다.

'세 번 읽기 법칙'이라고 해서 책을 꼭 세 번만 읽으라는 뜻은 아니다. 세 번은 '최소한의 횟수'다. 제대로 읽어야 하는 책은 적어도 세 번 이상은 만나야 한다는 뜻이다.

모든 책을 세 번 봐야 하는 것은 아니며 수험생이나 취업준비생은 그 이상 봐야 할 때도 있다. 도쿄대를 수석으로 졸업하고 사법시험과 1급 공무원 시험에 합격한 《7번 읽기 공부법》의 저자 야마구치 마유는 공부 머리가 없어도 딱 일곱 번만 읽으면 책 한 권이 머릿속에 통째로 복사된다고 말했다. 이 방법은 대입이나 취업 등 특수한 상황을 위한 전략이며 일곱 번이라는 횟수도 본인에게 맞는 전략이므로 일반적으로 적용하기에는 무리가 있다. 여러 번 반복해서 읽는 것이 시험이나 일이나 독서에서 많은 도움이 된다는 메시지로 받아들이면 되겠다.

우리는 보통 책을 한 번 읽는 것에 익숙하다. 시간이 없고 바빠서 한 번 읽을 시간도 없는데, 여러 번 읽는 건 현실적으로 어렵다고 여긴다. 하지만 일하는 틈틈이 자기계발을 위해 독서를 하고, 시간을 쪼개가며 열심히 책을 읽어 왔다고 해도 체감할 수 있는 큰 변화나 성장이 없다면 반복해서 읽는 힘을 느껴보라고 권하고 싶다.

한 번 읽기에서 더 나아가 '세 번 읽기'라는 새로운 길을 개척했기 때문에 나는 실천 의지를 높이며 행동할 수 있었고, 인생이 달라질 수 있었다. 지금 당장 책장으로 가서 나에게 큰 울림을 주었거나 인상 깊었던 책을 꺼내 재독, 삼독을 해보자. 진정으로 성장하는 책 읽기는 '세 번 읽기'에 달려 있음을 실감할 수 있을 것이다.

03

세 번 읽기 독서 사용설명서

세 번 읽기, 즉 삼독이란 같은 책을 세 번 읽는 것을 말한다. 처음 읽는 것은 일독(一讀), 두 번째 읽는 것은 이독(二讀)이자 재독, 세 번째 읽는 것은 삼독(三讀), 그래서 삼독이다. 삼독에 대해 고(故) 신영복 선생은 이렇게 말했다.

"독서는 모름지기 자신을 열고, 자신을 확장하고, 그리고 자신을 뛰어넘어야 합니다. 그러기 때문에 독서는 삼독입니다. 먼저 텍스트를 읽고 다음으로 그 텍스트를 집필한 필자를 읽어야 합니다. 그 텍스트가 제기하고 있는 문제뿐만 아니라 필자가 어떤 시대, 어떤 사회에 발 딛고 있는지를 읽어야 합니다.

그리고 최종적으로 그것을 읽고 있는 독자 자신을 읽어야 합니다. 그렇게 함으로써 자신의 처지와 우리 시대의 문맥(文脈)을 깨달아야 합니다."

-신문 칼럼(중앙일보 2011.1.1.)

정리하면 일독은 '텍스트', 이독은 '필자', 삼독은 '독자' 읽기다. 처음에는 '글'만 보다가 다시 읽으며 '저자'를 이해하고 마지막으로 '자신'을 돌아보게 된다. '책'에서 시작해서 '나'로 끝나는 것이 삼독이다. 세 번 읽기, 삼독 독서 방법을 자세히 살펴보자.

첫째, '일독'은 이렇게 한다.

일독은 처음 한 번 읽는 것으로 '내용 파악'이 목표다. 처음 일독은 천천히 읽는 '정독'이 좋다. 일부러 천천히 읽을 필요는 없지만, 내용을 충분히 이해하는 것이 중요하니 시간을 넉넉히 잡고 꼼꼼히 읽자. 프랑스의 대작가인 앙드레 지드는 천천히 읽는 것에 대해 이렇게 썼다.

"나는 다른 사람들이 이렇게 읽었으면 좋겠다고 생각하면서 읽는다. 다시 말해 굉장히 천천히 읽는다. 나에게 한 권의 책을 읽는다는 것은 그 저자와 함께 15일 동안 집을 비우는 일이다."

저자와 단 둘이 천천히 시간을 보내며 책 맛을 제대로 음미하라는 뜻이다. 사실 책 맛은 이때 느낄 수 있다. 이렇게 찬찬히 보며 내용을 파악하는 것이 일독하는 방법이다.

일본 작가인 야마무라 오사무는 《천천히 읽기를 권함》에서 다음과 같이 말했다.

"천천히 책을 읽는다. 천천히 읽다 보면 일 년에 한두 번이라도 문득 황홀한 기분에 젖어 들 때가 있다. 일 년 365일 가운데 그런 기쁨이 찾아오는 일은 단 몇 분이나 몇 초에 지나지 않을지도 모른다. 그래도 빨리빨리 건너뛰면서 읽는다면 단 몇 분, 몇 초의 그 기쁨조차 만나지 못할 것이다."

두 작가 모두 책을 천천히 읽는 시간을 즐기라고 말한다. 책과의 첫 만남, 일독은 이렇게 하는 것이다. 일독 후에는 이 책을 삼독까지 할지를 정하고, 일독을 완료한 날짜를 책이나 노트에 적는다. 날짜를 기록해 두어야 재독, 삼독을 계획할 수 있고 자신의 독서 현황도 파악할 수 있다.

둘째, 이독, 즉 '재독'은 이렇게 한다.

재독은 같은 책을 두 번째 읽는 것으로 내용 확인과 '저자 이해'가 목표다. 두 번째로 책을 볼 때는 일독할 때 알게 된 내용을 다시 확인한다. 내가 제대로 잘 이해했는지, 놓친 부분은 없는지 파악하며 읽는다.

더불어 글의 표면에서 한층 더 내려가 저자를 생각하며 읽는다. 이전보다 시선을 높여 저자의 의도, 가치관을 위에서 내려다보듯이 읽는다. 저자가 왜 이런 내용을 썼는지, 저자는 어떤 생각과 철학을 가진 사람인지를 생각하면 책을 더 깊게 이해하며 읽을 수 있다. 필요하면 저자의 다른 책도 찾아보며 저자에 대해 더 알아보는 것도 좋은 방법이다. 재독한 뒤에도 역시 다 읽은 날짜를 표시한다. 일독 후에 얼마 만에 읽었는지 확인하고, 삼독할 시기도 정한다.

셋째, '삼독'은 이렇게 한다.

삼독은 같은 책을 세 번째 읽는 것으로 '자기성찰'이 목표다. 책을 거울삼아 내 생각과 내 삶이 어떻게 변했는지 살피며 읽는다. 읽은 책의 내용이 내 삶에 얼마나 들어와 있는지 헤아리며 자신을 돌아보는 것이 삼독을 하는 이유다.

책을 읽고 실천까지 이어지지 않았거나 실천했다 하더라도 꾸준함이 부족했다면 삼독을 계기로 다시 해 보자. 삼독은 사색으로 생각을 숙성시키고, 실천으로 성장하는 시간을 만들어 준다.

물론 모든 책을 세 번 읽어야 하는 건 아니다. 그저 머리를 식히며 쉬어갈 때 읽는 책이거나 단순한 정보 획득이 목적인 책은 한 번으로도 족하다.

영국의 철학자 프랜시스 베이컨은 책을 읽는 방법을 다음과 같이 세 가지로 나누어 말했다.

"어떤 책은 맛만 볼 것이고, 어떤 책은 통째로 삼켜 버릴 것이며, 또 어떤 책은 씹어서 소화시켜야 한다."

이 중 삼독을 할 책은 두 번째와 세 번째의 경우를 말한다. 즉, 삼독할 책은 통째로 삼키고 씹어서 소화해야 한다. 삼독할 책을 정했다면 장르에 따라 다른 방법으로 읽는 것이 효과적이다. 장르에 따른 삼독 방법은 다음과 같다.

교양서적은 처음에는 '정독', 두 번째부터는 '훑어 읽기'다. 읽은 지 오래돼 기억이 나지 않으면 재독이나 삼독을 해야 할지라도 정독해야 한다. 일독한 뒤 일주일 안에 재독을 할 때는 앞서 표시해 둔 인상 깊은 구절 위주로 본다. 가벼운 마음으로 훑어보되 중요하거나 꼭 기억하고 싶은 부분만큼은 천천히 반복해서 읽는다.

문학 서적은 삼독 모두 처음부터 끝까지 '정독'이다. 문학은 한 줄 한 줄 가슴으로 느끼며 읽는다. 수필도 마찬가지다. 행간에 묻어나는 작가의 호흡을 섬세하게 느껴야 한다. 책에 깊이 감정이입 하며 읽어야 재미있게 읽을 수 있다.

그림책은 그림→ 그림과 글→ 그림 순으로 읽는다. 손에 한 번 잡으면 바로 삼독이다. 처음에는 그림만 감상한다. 책 표지와 면지까지 꼼꼼하게 보면서 앞에서 뒤로, 다시 뒤에서 앞으로 넘기며 본다. 이렇게 해도 시간이 얼마 걸리지 않는다. 여기까지가 일독이다.

재독에서는 글과 그림을 같이 본다. 글을 읽고 그림으로 확인하는 것이다. 삼독은 다시 그림만 감상한다. 내용 파악을 더 하고 싶다면 글도 같이 보면 된다. 이처럼 그림책은 한번에 일사천리로 삼독이 된다. 그래서 그림책을 다시 볼 때는 시간 간격을 길게 띄워도 괜찮다.

주의할 점은 그림책을 일독할 때 '그림'만 봐야 한다는 것이다. 그림책의 묘미는 그림에 있는데 어른들은 내용이 궁금해서 글자에 먼저 눈이 간다. 궁금해도 꾹 참으며 그림을 먼저 보고 내용을 예상해 보자. 그렇게 하면 그림책을 보다 풍성하고 재미있게 볼 수 있다. 특히 기발한 상상력이 돋보이는 앤서니 브라운 작가의 책은 그림이 글보다 더 많은 이야기를 품고 있다.

이 외에도 자신에게 맞는 방법을 찾았다면 반복 읽기에 적절한 변형을 더해 적용하면 된다. 독서는 나에게 맞는 방법이 최선이며, 매뉴얼보다 중요한 것은 반복 읽기, 즉 삼독이다.

사람들은 보통 일독이나 재독에서 멈춘다. 나도 처음 책에 빠졌을 때는 주구장창 일독만 했다. 하지만 삼독의 가치를 알고부터는 한 번만 읽지 않는다. 독서의 내공이 탄탄히 발휘되는 임계점은 한 번 읽고 지나가는 일독이 아니라 한 걸음 더 나아간 재독, 삼독에 있다는 것을 잘 알고 있기 때문이다.

'텍스트'를 받아들이고 '저자'와의 상호작용을 거쳐 '독자'인 나를 읽어 내는 데까지 도달해야 나를 성장시키는 진정한 독서가 된다. 내가 읽은 글이 내 삶과 연결돼 나를 바꾸기 때문이다. 삼독 독서를 거듭할수록 독서 내공이 쌓일 것이며, 삼독 독서를 마친 인생 책이 늘어날수록 인생의 내공이 커질 것이다. 세 번 읽기 독서 사용설명서를 참고하여 삼독의 고수로 거듭나길 바란다.

04

삼독 독서 내공으로 독서 근육 만들기

나는 헬스장에 두 달 이상 다녀본 적이 없다. 석 달을 목표로 운동을 시작해도 한 달을 간신히 채우고 그만두곤 했다. 운동이 습관이 될 때까지 버텨야 하는데 지루해서 계속하지 못하고 '헬스는 나와 맞지 않는다'라고 생각하며 포기했다. 근력 운동이 필요하다는 것을 알면서도 몸과 마음이 따라주지 않았다. 그래서 꾸준히 운동하는 사람을 보면 진심으로 존경한다.

얼마 전 텔레비전에서 국민 MC 유재석 씨가 팔굽혀펴기 50번을 거뜬히 하는 모습을 보았다. 흐트러짐 없이 일관된 자세로 해내는 모습에 감탄했다. 옆에서 같이 팔굽혀펴기를 한 사람은 운동 후 바로 쓰러졌지만, 유재석 씨는 거뜬했다. 주변 사람들도 놀라워하며 비결을 물었더니 수십 년간 하루 두 시간 반 이상 헬스를 꾸준히 했다고 말했다. '수십 년', '두 시간 반', '꾸준히'라는 세 단어가 기억에 남는다. 정말 대단하다고 생각했다.

오십 세를 바라보고 있는 나이에도 탄탄한 체력으로 방송가를 종횡무진으로 활약하는 데는 이렇게 철저한 자기 관리가 뒷받침되었구나, 라는 생각이 들었다. 이미 만들어진 근육 덕에 운동을 힘들이지 않고 즐기면서 하겠구나 싶었다. 다른 사람들보다 피부도 매끈하고 탄력 있어 보였다.

근육에서 힘이 나오기 때문에 근육이 발달한 사람은 쉽게 지치지 않는다. 기운이 없고 몸이 약할수록 근력 운동이 필요한 이유다. 하지만 근육을 만들려면 고통과 지루함을 참아 내야 한다. 그야말로 꾸준히 오래 지속해야 한다.

건강을 위해 근력이 필요하듯 책 읽기에도 근육이 필요하다. 이른바 '독서 근육'이다. 독서 근육이 있어야 독서 내공을 쌓을 수 있다. 운동에서 '주 3회'를 권하듯 독서도 '삼독'을 권한다. 같은 책을 세 번 읽으면 독서 근육이 생긴다. 삼독이 지루하게 느껴진다면 같은 동작을 수십 번 반복하는 헬스장을 떠올리자. 반복해야 몸짱, 책짱이 될 수 있다.

운동할 때 같은 동작을 반복하면 체력이 쌓이듯 책을 읽을 때도 같은 책을 반복해서 읽으면 독서 내공이 쌓인다. 독서 근육이 생기기 때문이다. 독서 근육이란 힘들이지 않고도 책을 읽게 하는 힘, 습관처럼 책을 가까이 하는 힘, 언제 어디서나 책을 보게 하는 힘이다.

처음 근육을 만드는 사람도, 이미 만든 근육을 유지하는 사람도 '꾸준히'가 중요하다. 근육이 지방으로 바뀌면 다시 되돌리기 어렵다. 그래서 독서도 '지속 가능성'이 성패를 가른다. 지속 가능성의 비결인 독서 근육을 만드는 팁은 다음과 같다.

첫째, 읽기 쉬운 책으로 시작하자.

쉽고 재미있는 책으로 시작하는 게 좋다. 무게도 적당한 것으로, 가지고 다니기 쉬운 것으로 고르자. 쉽고 말랑한 책에서 시작해 어렵고 두꺼운 책으로 단계를 밟으면 된다. 일단 읽기 쉬운 만만한 책으로 시작하자.

둘째, 책을 항상 가지고 다니자.

손에 항상 책이 있어야 자투리 시간을 독서 시간으로 살릴 수 있다. 휴대전화를 보거나 멍하니 있는 시간의 반만이라도 책을 보자. '내가 가는 곳에 언제나 책이 있다'라는 생각으로 책을 들고 다니자. 때로는 읽지 못하고 들고 다니기만 할지라도 항상 책을 챙기는 습관을 들이자.

셋째, 일단 도서관에 가자.

환경이 중요하다. 주변에 많은 책이 있고 책을 읽는 사람도 많은 도서관에 가면 자연스레 책을 보게 된다. 귀찮아도 일단 한 걸음을 내딛자. 무조건 가자.

서가를 거닐다 눈에 띄는 책을 뽑아 들고 읽을 만한 책인지 따져 본 후 바로 조금이라도 읽자. 앞부분을 미리 보고 나면 뒷이야기가 궁금해서 계속해서 읽게 된다.

넷째, 작심 3주를 실천하자.

독서를 시작하는 사람이라면 21일 동안을 '집중 독서 기간'으로 정해 공휴일, 주말도 예외 없이 매일 단 10분이라도 책을 읽는 것이 좋다. 습관이 형성되는 3주간 꾸준히 책을 읽으면 자연스럽게 독서가 당연한 일상이 된다.

다섯째, 계획표를 표시해서 눈에 띄게 하자.

일독을 완성한 날짜를 기준으로 재독, 삼독할 날짜를 정해서 표시하자. 여기서 중요한 점은 목표가 눈에 보여야 한다는 것이다. 거창하지 않아도 된다. 한 주 계획을 세우고 눈에 띄게 붙여놓자. '5일 안에 ○○읽기'라고 써서 눈에 띄는 곳에 두면 자연스럽게 인식하게 되고 행동 가능성이 높아진다.

퇴근 후 체조 교실에 다닌 적이 있었다. 추석 연휴를 앞두고 선생님이 숙제를 내 주셨다. 긴 연휴 동안 먹기만 하면 살도 찌고 운동 습관이 무너진다며 본인 건강을 위해 자발적으로 참여

하라고 하셨다. 미션은 '스쿼트 100번 하기', '30분 이상 걷기' 등이었다. 참여 희망자는 단톡방에 초대되었고 사람들의 미션 수행 여부가 매일 글이나 사진으로 올라왔다.

3등까지는 시상한다는 말에 혹해서 나도 열심을 냈다. '30분 이상 걷기'는 할 만했지만, '스쿼트'가 문제였다. 지루한 동작을 연속해서 하는 것은 나에게 제일 어려운 일이니까.

결론적으로 나는 스쿼트의 고비를 '종이 한 장'으로 해결했다. 이면지에 날짜와 내용을 쓰고 색연필로 쓱쓱 칸을 그어서 냉장고에 붙인 후 미션을 하나 수행할 때마다 동그라미 표시를 했다. 시댁에 가서도 방문을 닫아놓고 스쿼트를 했다. 연휴가 끝나고 결과를 보니 내가 1등이었다. 상품은 소소했지만 내가 꾸준히 운동했다는 사실이 더 기쁘고 뿌듯했다. 계획표를 눈에 띄게 두는 것이 얼마나 강력한 힘을 발휘하는지도 알게 되었다.

여섯째, 삼독에 도전하자.

책을 고른 뒤 한 달 안에 삼독까지 해보자. 쉽고 재미있게 읽은 책, 인상 깊게 읽은 책 중에 고르면 생각보다 어렵지 않다. 문학 서적이 아니라면 계속 정독을 하지 않아도 되니 빠르게 볼 수 있다. 한 번 삼독에 성공하면 자신감이 생겨서 계속할 수 있다. 반복 읽기의 힘으로 탄탄한 독서 근육이 생긴다.

앞에서 제시한 방법을 조금씩 실천해 보면 어느새 독서 근육이 만들어진 자신을 발견할 수 있을 것이다. 작은 것부터 쉽게 시작하고, 자연스럽게 행동하고 유지할 수 있는 환경과 습관을 구축해 보자.

내가 독서한 수많은 시간들을 돌아보면 투자한 시간과 열정 대비 결과가 아쉽다. 당시 마음에 들어온 책을 제대로 삼독해 왔다면 독서 근육이 생겼을 것이다. 독서 내공은 같은 책을 반복해서 볼 때 탄탄하게 쌓이기 때문이다.

지금의 나는 독서 근육이 생겨 책을 꾸준히 읽는 것은 전혀 어려운 일이 아니다. 내게 책을 보는 일은 '일상'이고 '놀이'다. 곁에 늘 책이 있고, 매일 수시로 책을 펼친다. 진정으로 즐기고 음미하면서 읽는 경지에 도달했다. 마치 책 위에서 자유롭게 춤추는 기분이다.

책이 주는 즐거움이 내게는 큰 기쁨이다. 반가운 친구를 만나면 시간 가는 줄 모르듯이 책을 읽을 때도 시간 가는 줄 모르고 몰입해서 읽는다. 외출할 때는 반드시 책을 챙겨서 나가고, 계획표도 수시로 보며 활용한다.

삼독 독서를 끝낸 책들은 나의 인생 책이 돼 평생의 친구로서 함께한다. 수시로 찾으며 '인생 책 친구'에게 명확한 조언과 따뜻한 위로를 얻는다. 다시 일어설 힘을 얻고 앞으로 나아갈 동기를 부여받는다.

곁에 책이 없어서 허전하다면 독서 내공이 쌓이기 시작했다는 증거다. 독서 근육이 만들어지고 있는 것이다. 앞서 언급한 독서 근육을 만드는 팁을 참고해 꾸준히 책과 함께하자. 수불석권, 세상에서 가장 아름다운 손은 책을 든 손이다.

05

세 권을 한 번 읽느니 한 권을 세 번 읽어라

나는 가짓수 많은 뷔페보다 하나만 제대로 나오는 음식점을 더 좋아한다. 뷔페는 먹을 때는 신나지만 먹고 나면 속이 괴롭다. 여러 가지 음식을 빨리 먹어 보고 싶은 마음에 제대로 씹지도 않고 급히 넘긴다. 만성 소화불량에 시달리면서도 잘 고치지 못하는 습관이다. 반면에 집밥 스타일의 백반 집은 먹을 때는 심심하지만, 배탈이 날까 하는 걱정도 없고 먹고 나서도 소화가 잘되고 속이 편하다.

그런 점에서 토끼가 나보다 낫다. 토끼는 배우지 않아도 본능적으로 음식을 꼭꼭 씹어야 하는 것을 알고 있다. 씹는 속도가 빨라서 소리만 들으면 급히 먹는 것 같아도 실제로는 여러 번 씹는다. 과일 한 조각을 줘도 입 밖으로 과즙이 나올 때까지 입을 뱅글뱅글 돌리며 열심히 씹는다. 영상으로 찍어보니 작은 사과 한 조각을 무려 1분 넘게 씹었다. 토끼야말로 완전 소화의 달인이다.

여러 권을 동시에 읽는 '동시병행독서법'은 내가 즐겨 사용하던 독서법이다. 이 방법은 독서 습관을 형성하고 자투리 시간을 활용하기 좋은 방법이다.

한 권을 읽다가 막히면 기분 전환으로 다른 책으로 넘어갔다 돌아오는 재미가 있어 지루하지도 않다. 서로 영역이 전혀 다른 책을 보다 보면 내용끼리 연결되고 융합돼 머릿속에서 새로운 영감이나 아이디어가 떠오르기도 한다. 동시에 세 권을 읽으면 3, 4일쯤 지나 완독한 권수가 한꺼번에 늘게 되므로 성취감도 느낄 수 있다.

하지만 이러한 장점에도 불구하고 동시병행독서법은 한계가 있다. 1권을 제대로 꼭꼭 씹어 읽을 때보다 책에 대한 몰입이 확실히 떨어진다. 책이 바뀔 때마다 머릿속에서 계속 화면 전환을 해야 하니 한 권만 볼 때에 비해 집중하기 어렵다. 예전에 영화를 여러 편 내려받아 놓고 이것저것 조금씩 본 적이 있는데, 어느 것 하나도 제대로 보지 못했다. 집중이 잘되지 않아 흥미가 금방 떨어졌고, 분명 다 보긴 봤는데, 기억도 잘 나지 않았다. 이처럼 동시에 보는 책도 그렇다.

또한, 동시병행독서법을 하다 보면 책을 서둘러 보게 된다. 마음이 급해서 대충 보는 것이다. 정해진 시간 안에 봐야 하니 한 권만 볼 때처럼 깊이 있게 독서하기가 어렵다. 이렇게 책을 빨리 읽는 것에 대해 야마무라 오사무는 이렇게 말했다.

"책을 빨리 읽어 버리는 것은 나에게 책이 가져다주는 모든 행복을 포기하는 일로 보인다. 단 한 가지, 속독을 실천하는 사람들만 맛볼 수 있는 행복이 있을 것으로 추측할 수는 있다. 그것은 양과 속도가 가져다주는 즐거움이다. 이번 달은 서른 권을 읽었다, 쉰 권을 읽었다, 백 권을 읽었다 하고 수첩에 적어 넣는 즐거움 말이다."

이 글을 읽고 마음이 찔렸다. 한 달에 50권, 방학에는 100권을 목표로 달리고, 월말이면 '이달에는 몇 권 읽었다'라는 만족감에 취해 있었기 때문이다. 늘어나는 숫자가 나의 성적이라도 되는 것처럼 권수에 욕심을 냈었다. 책 읽는 방법도 여러 권을 동시에 읽는 동시병행독서법이 최고라고 생각했다.

물론 지금은 멀티태스킹이 필요한 시대다. 빠른 시간 내에 자료를 찾아야 하는 경우나 정해진 시간에 같은 분야의 책을 여러 권 섭렵해야 하는 경우 등 동시병행독서법이 반드시 필요할 때도 있다. 그러나 정보를 찾거나 도출해 내는 데는 효과적일지 몰라도 읽고, 깨우치고, 생각이 숙성되는 독서로 발전해 나가는 데는 한계가 있다.

작년 봄에 영어 회화 책을 한 권 골랐다. 책을 통째로 암기할 생각이었다. 100일 동안 공부하는 책이었는데 30일 완성을 목표로 하루에 3일 치씩 외웠다. 하루 분량만 해도 새로운 단어와 표현이 열 개가 넘었지만, 마음만 먹으면 가능하리라 생각했다. 그렇게 한 달 만에 책 한 권을 봤더니 앞에 나온 표현 중 기억이 나지 않는 표현이 꽤 있었다. 처음 보는 표현이나 생소한 표현을 색깔 펜으로 강조했지만, 다시 봐도 여전히 낯설었다.

두 번째로 볼 때는 하루에 10일 치씩 봤다. 이미 한 번 공부했으니 이번에는 범위를 넓게 잡아도 될 것 같았다. 하지만 이번에도 책 한 권을 통째로 암기하려던 바람은 이루어지지 않았다. '서둘러 공부하면 안 되겠구나', '이래서 책 제목에 '100일'이라는 말이 있었구나'라는 생각이 들었다.

세 번째로 볼 때는 급한 마음을 내려놓고 하루에 두 쪽씩, 즉 하루 분량만 공부했다. 진도는 느렸지만 세 번째라 수월했고 적은 분량을 반복하니 이전보다 기억에 오래 남았다. 원어민과 대화할 때도 필요한 표현이 바로 생각나 자연스럽게 사용할 수 있었다. 마치 오래전부터 알던 표현인 것처럼 말이다. 그때 사용한 'be supposed to'(~하려 했다)라는 표현은 내가 확실히 기억하고 즐겨 쓰는 표현이 되었다. 이 경험을 통해 나는 필요할 때 꺼내 쓸 수 있어야 진짜 내 것이라는 사실을 깨달았다. 쓸 수 없다면 쓸모가 없다.

이처럼 동시다발적으로 읽는 것, 서둘러 읽는 것은 내 것이 되지 않는다. 그렇기에 우리는 세 권을 동시에 읽는 둥 마는 둥 하거나 한 번만 읽고 지나가는 대신 한 권에 오롯이 집중해 세 번을 꼭꼭 씹어 읽는 선택을 해야 한다.

열심히 읽지 말고 '제대로' 읽자는 것은 세 권을 한 번 읽느니 한 권을 세 번 읽자는 말과 같다. 급하게 세 권을 한 번 읽는 것은 '열심히' 읽는 것이고, 삼독비법에 따라 한 권을 세 번 읽는 것은 '제대로' 읽는 것이다. 급변하는 시대에 한 권을 세 번이나 보라고 하니 느린 것 같지만, 급히 읽고 남는 게 없는 독서보다 다소 시간이 걸리더라도 남는 게 있는 독서가 훨씬 낫다. 독서는 얼마나 '많이'보다 얼마나 '제대로'가 중요하다.

그동안 책을 많이 읽지 못했거나 책을 한 번씩만 읽었어도 괜찮다. 지금부터 제대로 시작하면 된다. 다시 읽고 싶은 책을 한 권 정해서 한 번 읽었을 때와 세 번 읽었을 때 무엇이 다른지, 어떤 차이가 있는지 직접 느껴보자.

여러 권을 동시에 읽는 방법은 틀렸고, 한 권을 여러 번 읽는 방법은 맞다는 주장이 아니니 오해는 말자. 맞고 틀림의 문제가 아니며, 사람에 따라 다르겠지만 내가 말하고자 하는 바는 나에게 남는 독서의 관점으로 봤을 때 세 권을 한 번 읽는 시간을 한 권을 세 번 읽는 시간으로 변경하는 게 효과적이라는 것이다.

기억나지 않는 다수의 책을 책장에 세 권 꽂아 두기보다 삼독 후 두고두고 볼 인생 책을 한 권 추가하는 쪽이 훨씬 가치 있다. 세 권을 한 번 읽은 독서보다 한 권을 세 번 읽은 독서가 더 오래가고 힘이 세다는 것을 기억하자.

06

인생 책을 여러 번 반복해서 읽어라

내가 변함없이 좋아하는 가수는 단 한 사람, '김완선'이다. 초등학교 3학년 때 텔레비전에서 김완선이 춤추며 노래하는 모습을 보고 반한 이후로 30년 넘게 일편단심이다. 당시 〈가요 Top 10〉에서 노사연의 '만남'과 김완선의 '삐에로는 우릴 보고 웃지'가 1, 2위를 다투다가 카메라가 노사연 씨를 비추던 순간이 아직도 또렷하게 기억난다. 아홉 살 김완선의 팬으로서 '안 되는데, 김완선이 우승해야 하는데……'라고 생각하며 진심으로 안타까워했다.

한번은 라디오 프로그램에 사연이 당첨돼 노홍철 씨와 전화 연결이 됐다. 나는 용기를 내 나의 애창곡인 '삐에로는 우릴 보고 웃지'를 불렀다. 지금도 김완선 씨가 가끔 방송에 나온다는 소식을 들으면 꼭 챙겨 본다. 세월이 지나도 내 눈에는 예전 모습 그대로다. 보기만 해도 기분이 좋고 힘이 난다.

나는 기본적으로 '비트(beat)'가 있는 곡을 좋아한다. 김완선의 대표곡들은 대체적으로 비트가 빠르고 박진감이 있다. 특히 최애곡인 '삐에로는 우릴 보고 웃지'를 들으면 자고 있다가도 벌떡 일어날 정도로 흥이 난다.

좋은 강연도 그렇다. 명강사는 다시 만나도 여전히 좋다. 적당히 시간을 때우러 온 사람과는 다르다. 청중은 강사가 명강사인지 아닌지 조금만 듣고도 금세 알아차린다. 사람이 말을 잘하기는 어려워도 듣는 귀는 쉽게 갖추는 법이다.

작년 초였다. 대전 솔로몬로파크에서 법 교육 연수를 받았다. 오래전부터 기대하던 연수였기에 새벽부터 장거리를 운전하면서까지 어렵사리 참여했는데, 첫날은 다소 실망스러웠다. 연수의 질은 강사에게 달렸다. 첫날 강사들은 시간을 때우러 온 인상을 주었다. 다행히 둘째 날 첫 강연에서 명강사를 만났다. 당시 강사는 대전시교육청 소속 변호사로 우리 학교에서 이미 두 번 만났던 분이었다.

강의는 이미 들었던 내용도 있었지만, 다시 들어도 새롭게 와닿는 부분이 많았다. 그분은 자신의 삶을 진솔하게 공개하고 다양한 현장 이야기를 들려주며 고충에 시달리는 교사들의 마음에 깊이 공감했다. 또한, 교사들이 잘 모르거나 잘못 알고 있는 부분을 정확히 짚어주며 정책이 어느 방향으로 가야 하는지를 명확하고 객관적으로 설명해 주었다. 간지러운 부분을 바로 파악해 속 시원히 긁어 주는 기분이었다. 통찰력 있는 말을 들을 때는 놓칠세라 급히 메모를 해 가며 들었다.

강연이 말(소리)이라면 책은 글(문자)이다. 저자의 소리를 문자로 읽는 것이 책 읽기다. 언어는 힘이 있다. 말과 글을 받아들이면 내 안에서 살아 움직인다. 나에게 깊은 울림을 주는 소리와 문자는 다시 만나고 싶다. 그래서 우리는 마음에 드는 책이나 음반을 간직하고 때로는 강연을 들으러 다닌다. 책을 읽거나 강연을 통해 다른 사람의 말을 듣는 것만으로도 새로운 자극과 영감을 무궁무진하게 받을 수 있다.

책 중에서도 '인생 책'을 만나는 것은 기분 좋은 대상을 만나는 것과 같은 가치가 있다. 인생 책이란 평생을 곁에 두고 싶은 책, 내 삶에 의미와 가치를 더해 주는 책이다. '인생 책'을 여러 번 반복해서 읽으면 다음과 같은 좋은 점이 있다.

첫째, 어려울 때 힘이 된다.

일이 뜻대로 풀리지 않아 실망할 때, 손해를 봐서 속상할 때, 사람과의 관계 속에서 외로울 때, 누군가에게 상처를 받았을 때 등 우리는 살면서 크고 작은 고비를 만나 좌절할 때가 있다. 이럴 때 인생 책을 다시 읽으면 힘이 난다.

상황을 바꿀 순 없어도 '생각'은 바꿀 수 있다. 책이 하는 소리를 가슴으로 듣고 믿으면 가능하다. 우리는 가끔 나를 제외한 다른 사람들은 모두 행복하게 잘 사는 것 같다고 생각하며 울적해 하기도 한다. 나만 힘들고 우울하다고 생각하며 외로워지기도 한다. 그런데 인생은 멀리서 보면 희극이고 가까이서 보면 비극이라는 말처럼 모두 다 잘 지내는 것 같아도 저마다의 속사정이 있다. 단지 당사자가 아니니 괜찮은 듯한 겉모습이 먼저 보일 뿐이다. 힘들거나 외로워질 때면 혼자 동굴 속에 갇히지 말고 인생 책에 기대어 힘을 얻자. 인생 책은 아낌없이 주는 나무처럼 언제나 내 곁에서 변함없이 함께한다.

나는 고(故) 장영희 씨의 글을 참 좋아한다. 살아생전에 직접 뵙지 못해 아쉽다. 그분의 글은 잔잔하지만 묘하게 끄는 힘이 있다. 다정하고 부드러운 마음결이 느껴진다.

《내 생애 단 한 번》, 《살아온 기적 살아갈 기적》 같은 책을 읽고 나면 따뜻한 차 한 잔을 마신 기분이 든다. 역경을 딛고 일어난 사람이어서가 아니라, 행간에서 느껴지는 인간적 매력이 좋기 때문이다. 보면 볼수록 마음이 따뜻해지고 힘이 나는 그분의 책은 나의 인생 책이다.

둘째, 멘토가 되어 준다.

어린 시절과 한창 시절, 우리의 멘토는 부모님, 선생님이었다. 하지만 성인이 되면 자신의 길을 스스로 개척해 나가야 하고, 많은 일을 주도해야 하며, 어떤 일이든 마땅한 책임감을 가져야 한다.

혼자서 모든 일을 결정하고 헤쳐 나가기는 어렵다. 이럴 때 인생 책을 멘토로 삼으면 삶의 방향을 바로잡고, 해결책을 찾는 데 큰 도움이 된다. 혼자서 생각하고 결정하기보다 책에 담긴 인생 선배들의 이야기로 간접경험을 하면 시행착오도 줄이고 보다 쉽고 빠르게 갈 수 있다.

《코끼리와 벼룩》은 처음으로 나에게 명퇴를 생각하게 한 책이다. 이 책으로 나는 평범한 내 삶에 의문을 품기 시작했고, 평생 학교에 머물지 않기로 했다. 가족들은 모두 반대했지만 그럼에도 마음을 정한 것은 이 책을 계속 붙잡았기 때문이다.

나는 내 인생에서 노동 시간을 줄이고 자유 시간을 늘리고 싶다. 이 책을 읽고 난 후 나는 나의 시간을 남에게 저당 잡히지 않겠다고 마음먹었다. 나에게 성공이란 '시간의 자유'를 얻는 삶이기 때문이다.

셋째, 생각과 행동이 바뀐다.

사람은 경험치만큼 큰다. 책을 보는 사람은 간접경험이 쌓이기에 책을 보지 않는 사람보다 더 많은 것을 볼 수 있고, 행동할 수 있다. 특히 인생 책을 반복해서 읽는 사람의 인생 내공은 평범한 사람의 그것과는 다를 것이다. 사유가 깊어지고, 꾸준한 실천으로 이어지는 성장은 인생을 위대하게 만든다.

인생 책을 반복해서 읽는 사람의 생각은 '모래 위에 지은 집'이 아니라 '성곽 위에 지은 집'처럼 견고하다. 좋은 책에 담긴 훌륭한 메시지를 반복해서 마음에 새기니 쉽게 흔들리지 않는다. 《원씽》은 복잡하던 내 삶을 간결하게 만들어 준 책이다. 이 책을 읽기 전만 해도 멀티태스킹을 잘하는 사람을 보면 부럽고 대단해 보였는데, 이 책을 읽고 생각이 바뀌었다. 한 번에 하나를 제대로 하는 것이 진리임을 깨달았기 때문이다.

여러 가지 일을 동시에 하지 못하면서도 다 해내고 싶은 욕심에 사로잡혀 정신없이 복잡하게 살던 나에게 이 책은 인생 책이 되었다. 하나에 오롯이 집중하는 힘과 단순함이 주는 삶의 변화를 알게 되었고, 그 덕분에 내 삶은 훨씬 간결하고 단단해졌다.

나는 생리통이 심해 항상 약을 갖춰 둔다. 첫째 날은 복통이 유난히 심해서 오전 중에 약을 먹어야 오후에 정상적인 활동을 할 수 있다. 갑자기 생리통이 시작될 때 약이 없으면 비상사태다. 그래서 약이 어디에 있는지 항상 기억해 둔다.

아플 때 쓸 수 있는 비상약을 상비해 두듯 인생 책 역시 인생의 비상 상황이나 응급 상황이 왔을 때 언제든 꺼내볼 수 있도록 비축해 두어야 한다. 인생을 살아가는 면에서 인생 책이 나에게 주는 힘은 아주 크다.

책을 읽다 보면 유독 나에게 생명줄이 되는 책을 발견하게 된다. 혹시 없다면 아직 못 만났을 뿐이다. 계속 책을 펼치다 보면 운명처럼 만나는 날이 온다.

인생 책을 만나면 마음껏 기뻐하자. 내 삶을 붙들어 줄 천군만마를 얻은 셈이니까. 인생 책이라고 해서 누구나 알 법한 아주 유명한 책, 대단하다고 평가되는 책을 보라는 뜻은 아니다. 나와 주파수가 맞고, 내 삶의 방향과 어울리는 책, 현 상황에서 필요하고 도움이 되는 책이면 충분하다. 그런 책을 만나면 놓치지 말고 여러 번 반복해서 읽어 보자.

누군가 당신에게 인생 책이 뭐냐고 묻는다면 어떤 대답을 할 것인가? 몇 권을 막힘없이 술술 나열하는 자신의 모습을 상상해 보자. 참으로 멋진 일이 아닐 수 없다.

07

세 번 읽을 때 비로소 알게 되는 것들

찬양할 때 같은 곡을 반복해서 부르는 경우가 많다. 보통 같은 곡을 두 번 이상, 후렴구는 세 번 이상 부른다. 이렇게 반복해서 부르면 신기하게도 처음 부를 때 와닿지 않던 가사가 점차 깊이 마음에 닿는다. 분명 처음 부를 때도 집중했다고 생각했는데 한 번으로는 부족했던 것이다.

반복해서 부르면 입으로만 부르던 가사가 비로소 '머리'에 들어오고 '가슴'에도 새겨진다. 곡조에 생명이 붙는 느낌이다. 이전과 확실히 느낌도 다르고 힘이 된다. 찬양 인도자들이 같은 곡을 여러 번 부르는 것도 이러한 '반복의 힘'을 알기 때문이다. 아빠도 같은 찬송가를 여러 번 반복해서 부르는 것을 좋아한다. 여러 번 부르며 가사를 되새기기 위함이다.

책도 세 번 읽으면 한 번 읽을 때 미처 느끼지 못했던 것들을 깨닫게 된다. 책을 세 번 읽을 때 비로소 일어나는 변화는 다음과 같다.

첫째, 겸손해진다.

우리는 책을 한 번 읽고 다 안다고 생각한다. 하지만 반복해서 읽다 보면 처음의 생각이 착각이었음을 알게 된다. 우리의 기억과 인식은 한계가 있기 때문이다. '겸손'은 독자가 책을 대하는 정중한 태도다.

일독하면서 내용을 기억하려고 특별히 애쓰지 않는 한 생각보다 많은 부분이 금세 증발한다. 물론 망각은 자연스러운 현상이기에 모두 기억할 수 없다는 것을 인정하자. 내 기억을 믿지 말고 적어도 세 번은 반복해서 읽으며 익숙해지자.

반복해서 읽으면 이전보다 읽기 쉬워진다. 이전에 미처 이해하지 못했던 부분도 세 번을 읽다 보면 비로소 깨달아진다. 그만큼 내가 자랐다는 증거다. 그래서 우리는 때때로 같은 책을 세 번 읽어야 한다. 자신의 한계를 인정하고, 낮은 마음으로 책을 대함으로써 배움과 성장을 거듭할 수 있다.

둘째, 마음의 소리가 들린다.

책을 세 번 읽으면 책이 주는 메시지가 계속해서 가슴을 두

드린다. 읽으면서 '질문'하게 되고 '생각'하게 된다.

처음에는 '이 문구 좋다', '어떻게 이런 생각을?' 하며 감탄만 하지만, 계속 보다 보면 스스로 '질문'하게 된다. 감탄사(!)가 물음표(?)로 바뀌는 것이다. 책이 주는 지식이나 메시지를 읽으며 '그렇구나!' 하던 감탄이 '그럼 난 어떻게 해야 하지?'라는 물음으로 바뀐다. 새롭게 알게 된 사실, 저자의 일상, 역경을 딛고 일어나는 태도와 자세 등 저자의 크고 작은 이야기가 나에게 계속 질문을 던지는 것이다.

또한, 삼독은 '생각'을 고조시킨다. 같은 책을 반복해서 읽으면 마냥 수용하고 받아들이는 데에서 그치지 않고, 생각이 다른 생각과 계속 연결된다. 그래서 스스로 질문하고 답을 찾는 경지까지 도달한다. 이는 저자의 생각과 메시지에서 한 걸음 더 나아간 단계인 것이다.

이렇게 질문하고 생각을 거듭하면 글이 소리가 된다. 같은 글을 반복해서 보면 저자의 소리가 들린다. 글이 살아서 말을 걸어 온다. 우리가 책으로 저자의 소리를 듣는 이유는 단순히 듣기(hear) 위함이 아니라, 주의 깊게 경청하기(listen) 위함이다. 주의를 기울이면 내 안의 소리도 들린다. 내면의 목소리에 귀를 기울여야 내가 가야 할 길을 찾을 수 있다.

셋째, 실천하게 된다.

삼독을 하면 자기성찰이 일어나 '실천'으로 이어진다. 책은 자신을 비추는 거울이다. 삼독으로 자신의 삶을 돌아보면 내가 책을 읽으며 얼마나 변했는지, 혹은 변하지 않았는지를 깨닫게 된다. 현재를 객관화할 수 있게 되고, 무엇을 우선적으로 해야 할지 알게 한다.

'실천'은 독서의 완성이다. 삼독을 하면 책이 말하는 소리가 들리고, 실천 의지가 생긴다. '책이 사람을 만든다'라는 말은 바로 행동을 바꾼다는 말이다. 행동을 바꾸려면 생각을 바꿔야 하고, 생각을 바꾸려면 삼독을 해야 한다.

이 외에도 나는 책을 세 번 읽으면서 사람이 책을 사랑할 수 있음을 알게 되었다. 사랑의 감정을 사람이 아닌 책에게 느낀 것이다. 황홀했다. 갑자기 책에게 사랑한다고 고백하고 싶었다. 자꾸 보니 정이 들고 애정이 깊어졌다. 책 한 권을 읽었을 뿐인데 저자에 대한 호감이 상승하고 직접 만나고 싶어졌다. 무엇보다 책을 읽는 시간이 충만하고 행복했다. 그런 감정을 느끼게 하는 책이라면 평생 곁에 두어야 할 인생 책이다. 인생 책은 평생의 동반자와 같으니까.

언젠가 책을 읽다가 이런 부분을 발견한 적이 있다. 아들은 쉬게 하고 며느리에게만 일을 시키는 시어머니를 향해 "어머니, 어머니 아들이기도 하지만 제 남편이기도 해요. 저랑 잘 살려면 일도 같이해야 해요"라고 말하는 부분이었다. 처음 읽을 때는 '와, 당돌하다!' 하며 놀랐다. 두 번째는 '나도 그러고 싶다'

라고 생각했다. 세 번째 읽을 때는 '나도 그렇게 해보자!'라고 결심했다. 책을 세 번 읽으면서 내 생각도 바뀌고, 행동할 용기가 생긴 것이다.

결혼하고 수년간 시어머니 앞에서 하고 싶은 말을 잘 하지 못했다. 왠지 내 생각을 솔직하게 이야기하면 어른에게 예의가 아닌 것 같았다. 시어머니는 종종 내게 원하는 바를 가감 없이 이야기하는 분이었는데 그럴 때마다 나는 속으로만 생각하고 할 말을 하지 못하는 상황이 답답했다. 특히 부엌에서 일할 때면 내 이름만 불러 마음이 불편했다.

내 목소리를 내고 싶었지만 입이 떨어지지 않던 나는 책을 통해 용기를 내게 됐다. 여느 때처럼 내 이름만 부르며 음식을 시키는 어머니에게 "어머니, 남편이 더 잘해요. 같이 할게요"라고 말하게 된 것이다. 실로 엄청난 변화였다.

사실 어머니는 솔직한 만큼 소통이 잘되는 분이라 진작 내가 할 말을 했다면 충분히 대화로 부드럽게 넘어갈 수 있었다. 시댁에서는 하고 싶은 말도 참아야 한다는 고정관념 때문에 막혀 있던 대화가 책을 반복해서 읽고 실천한 덕분에 뚫린 셈이다.

세 번 읽기가 많다고 생각된다면 내가 책을 읽는 목적이 무엇인지 다시 생각해 보기 바란다. 그저 읽는 것에서 그칠 것인지, 단 한 가지라도 제대로 삶을 바꾸기 위함인지 말이다.

시간이 없어서 세 번이 무리라는 생각이 든다면, 시간이 아니라 '마음'이 없는 것은 아닌지 자문해보자. 재독, 삼독은 기본적으로 정독해야 하는 일독보다 시간이 적게 걸린다. 오히려 쉽고 빠르게 리듬을 타듯 읽을 수 있어 읽는 재미와 즐거움은 더 크다. 행간 사이의 느낌을 살려 읽어야 하는 시나 소설이 아니라면 말이다.

세 번 읽으면 정말 내 삶이 바뀔까? 삼독의 목적은 생각과 행동을 바꾸는 것이다. 즉, 나를 바꾸고 내 삶을 바꾸고자 세 번 읽는 것이다. 책을 읽어도 아무런 변화가 없음을 느끼고 있다면 속는 셈 치고 반복해서 읽어 보자. 세 번 읽기의 참맛을 느낄 때쯤 놀라울 정도로 성장한 자신을 발견하게 될 것이다.

08

탄탄한 독서 내공은 세 번 읽기에 달려 있다

조선 시대 성군(成君)을 말할 때 빠지지 않고 등장하는 분이 바로 세종대왕이다. 세 번째 아들이었지만 형들보다 아버지의 신임을 받아 왕으로 등극한 대왕 세종, 그분은 혁신적 정책으로 나라를 지혜롭게 다스리며 백성들의 사랑과 존경을 듬뿍 받았다. 그 비결은 무엇일까? 지금 들어도 획기적인 '유급 출산휴가 100일'을 500년 전에 시행했다는데 세종대왕은 어떻게 시대를 앞서가는 정치를 펼칠 수 있었을까?

그 비결은 '백독백습', 여러 번 반복해서 읽고 익히는 태도에서 비롯되었다고 할 수 있다. 창의력과 통찰력은 반복에서 나온다. 시대를 초월하는 세종대왕의 지혜로운 통치력의 근원도

'반복 독서'였다. 같은 책을 수십, 수백 번 읽으며 완전히 깨우칠 때까지 반복해서 파고드는 집념 덕분이었다. 읽은 책이 글에만 멈춰 있지 않고, 삶으로, 실천으로 나타난 것이다. 세종대왕이야말로 독서 내공이 탄탄한 진정한 독서 고수다.

세종대왕은 나라를 다스리는 일로 바쁜 와중에도 매일 신하들과 경연을 열어 책의 내용에 대해 토의했다고 한다. 그리고 이러한 태도가 정치에도 적용되었다. 한 가지 일을 결정하기 전에 민심을 헤아리고, 신하들과 토론하며 합리적인 결과를 얻으려 노력했다. 이는 세종대왕이 책도 많이 읽고 아는 것도 많았지만, 겸손한 자세와 열린 마음을 잃지 않았기에 가능했으리라 본다.

반면 책을 가까이하면서도 책과 동떨어진 삶을 사는 사람도 있다. 지금도 그 사람을 생각하면 가슴 언저리가 답답해진다. 그 분은 항상 책상 위에 책을 쌓아 놓고 틈틈이 책을 보는 애서가였다. 하지만 자기만의 생각과 사상에 갇혀 다른 사람과 도통 소통이 되지 않았다. 상대의 의견이 자신과 조금이라도 다르면 아예 상종하지 않았다. 본인이 듣고 싶은 것만 듣고, 하고 싶은 말만 해 모두가 기피했다. 나를 비롯한 많은 사람이 그 분과의 불통 탓에 오랜 시간 힘들어했다.

자신에 대한 성찰이 없는 독서는 오히려 독이 될 뿐이다. 차라리 책을 읽지 않았다면 다른 사람을 덜 괴롭히지 않았을까 하는 생각이 들 정도였다. 책을 읽을수록 자신만의 고정관념과 편견에 더 깊이 빠져드는 듯했다.

오직 자신의 목표만 생각하고 여기에 동조하지 않는 사람을 책망하며 사람들 위에서 군림하려 한 그 사람은 책을 제대로 읽은 사람이 아니었다. 자신을 돌아보지 않고 혼자만의 세계에 갇혀 책을 읽는 사람은 책을 읽지 않느니만 못하다.

독서 내공을 탄탄하게 쌓는 데에 '세 번 읽기'가 필요하다. 앞에서 세 번 읽을 때 비로소 알게 되는 것으로 '겸손한 태도'를 먼저 언급했다. 자신을 내려놓고 책을 대하는 것이 첫째다. 겸손한 자세로 책을 반복해서 읽어야 마음을 열고 배울 수 있다.

읽기만 하는 것은 반쪽짜리 독서다. 생각과 실천으로 나머지 반쪽 파이까지 먹자. '생각하면 얻고, 생각하지 않으면 얻지 못한다'라는 말이 있다. 독서 고수는 책을 읽은 뒤 생각하는 사람이며, 실천을 통해 자신이 얻은 것을 다른 사람에게 흘려보내는 통로가 되는 사람이다.

책을 읽지만 주변 사람과 소통되지 않는다면 잘못 읽고 있는 것이다. 진정한 독서 내공이 아니라 자기만의 견고한 성을 쌓아 스스로 갇힌 것이다. 자신과의 소통인 성찰이나 다른 이들과의 건강한 소통이 기반이 되지 않는다면 아무리 책을 읽는 삶이라 할지라도 인생이 더 나은 방향으로 흘러가지 않는다.

한 번 읽고 다 안다고 생각하던 나는 이제 더 이상 내가 아니다. 나는 세 번 읽기로 독서 내공을 쌓으며 삶을 바꾸고 있다.

한 번에 한 가지만 하는 힘을 깨닫고, 우선순위를 정해서 하나씩 집중하고 해결한다. 계획을 세울 때 일의 개수를 줄이고, 조금씩 천천히 하더라도 완성도를 높이며 끝맺음을 하고자 노력한다.

어려운 사람을 재정적으로 돕는 일에도 계속 관심을 가지며 앞으로 내가 무엇을 더 할 수 있을지 고민한다. 무엇보다 현실에 안주하지 않고 제2의 인생을 살기로 결심했다. 그 시작으로서 완전 독서에서 더 나아가 책을 쓰는 도전을 하게 되었고, 나는 예전이라면 엄두도 못 낼 정도의 큰 꿈을 꾸고 있다.

우리는 태어나기 전부터 '단순, 반복, 집중, 지속, 강행'의 원리를 몸속에 지니고 있다. 태어나서 죽을 때까지 쉬지 않는 심장을 가지고 있기 때문이다. 심장은 매 순간 펌프질로 온몸에 혈액을 공급한다. 심장은 단순한 반복을 집중하고 지속하며 강행한다. 이 심장의 원리는 곧 생명의 원리다. 우리 생명이 심장에 달려 있기 때문이다.

이러한 심장과 생명의 원리는 책 읽기에도 적용된다. 즉, 단순한 독서를 반복해서 집중적으로 지속하고 강행하면 근육이 생기고 내공이 쌓인다. 더 생명력 있는 삶을 살게 된다.

왜 독서 내공을 쌓아야 할까? 내공을 쌓아야 평생 자산으로 써먹을 수 있기 때문이다. 책은 최고의 스승이다. 언제 어디서나 쉽게 접할 수 있고, 무엇이든 배울 수 있으며, 심지어 수업

료도 싸다.

지금은 평생 학습 시대다. 급변하는 시대에 살아남으려면 우리는 평생 배워야 한다. 학창 시절에 배운 것만으로는 계속 빠르게 변하는 세상의 흐름을 따라갈 수 없다. 하지만 책을 읽고, 생각을 키우고, 행동을 거듭하면 끊임없이 변하는 세상의 흐름과 함께할 수 있다.

책은 누군가의 삶의 정수가 그대로 담겨 있는데도 지불해야 하는 비용이 적은 편이다. 보통 책 한 권에는 30여 년의 지혜가 담겨 있다고 한다. 좋은 책을 쓰는 데는 적어도 30년의 경험과 교육이 필요한 것이다. 책 한 권으로 30년의 지혜를 거저 얻다니, 이보다 수지맞는 장사가 있을까?

물건을 살 때 사야 할 물건이 아니라 쇼핑 자체가 목적이 되는 경우가 있다. 안 사면 아쉬워서, 사 두면 필요할 것 같아서, 할인을 하거나 하나를 사면 하나를 더 줘서 구매하는 것이다. 이는 본질을 망각한 쇼핑이다.

세 번 읽기도 마찬가지다. 횟수에 얽매여 그 자체가 목적이 되면 안 된다. 세 번 읽기를 완료하는 것에서 그치지 않고 책을 읽을 때 내가 이 책을 왜 선택했는지, 삼독하면 어떤 변화가 기대되는지, 삼독하는 과정을 통해 내가 무엇을 얻고자 하는지를 염두에 두고 읽어야 한다.

또한 재독만으로 충분하다면 새독으로 마무리하면 된다. 삼독까지 했으나 충분하지 않다고 여겨진다면 읽는 횟수나 필요한 과정을 더하면 된다. 삼독을 기본 원리로 하되 상황에 맞게 적용하면 된다.

지금까지 반복 읽기의 중요성과 삼독 독서 사용법, 독서 내공으로 독서 근육을 만드는 법을 알아보았다. 세 번 읽기, 즉 삼독 독서로 독서 내공을 다졌다면 이제 더 구체적인 행동지침인 '읽고, 쓰고, 실천하는 3단계 실용 독서법'을 알아보자.

Chapter 4

읽고 쓰고 실천하는 3단계 실용 독서법

01

독서는 습관 시스템이다

'양치하기, 화장실 가기, 물 마시기'

내가 매일 밤 잠들기 전에 반드시 실천하는 세 가지다. 저녁 식사 후 바로 양치를 하지만 보통 잠들기 전에 과일이나 간식을 먹는 경우가 많아 자기 전에도 이를 닦는다. 자기 전에 몸을 비우지 않으면 새벽에 잠이 깨기 때문에 의식적으로 화장실을 간다. 목도 적당히 축여야 갈증을 느끼지 않고 편안하게 잘 수 있다.

아침에 일어나서도 마찬가지다. 소변을 보고 이를 닦고 물을 마신다. 아침에 이를 닦지 않으면 밤새 입 안에서 번식한 세균을 내가 다시 먹게 돼 건강에 좋지 않다는 글을 읽은 후로 더 철저히 지키고 있다. 이 세 가지 일과는 의식하지 않고도 자동으로 몸이 움직이는 일상이다. 당연한 습관이 되었기 때문이다.

지난달부터 저녁 식사 후 남편과 산책을 하고 있다. 처음에는 속이 더부룩해서 소화할 목적으로 나갔는데, 다녀오니 심리적으로도 안정되고, 걷는 즐거움이 있어 매일 나가고 있다. 특히 코로나19로 바깥출입이 쉽지 않은 요즘에는 저녁 산책이 유일한 외출이라 현관문만 나서도 기분이 좋다.

한 시간쯤 동네 주변을 천천히 걷다 보면 몸도 가벼워지고 밤에 잠도 더 잘 온다. 처음 한 주간은 남편이 오늘도 나갈 거냐고 매번 묻더니, 이제 시간이 되면 알아서 나갈 채비를 한다. 산책이 자연스러운 저녁 일상이 된 것이다.

어제는 비가 왔음에도 불구하고 산책을 나갔다. 날씨 때문인지 산책로에 아무도 없었다. 길이 좁아서 뒤에 누가 따라오면 길을 비켜주곤 했는데, 지나다니는 사람이 없어 한적하고 여유 있게 산책을 즐겼다. 빗소리를 들으며 호젓하고 느리게 걸을 수 있어서 좋았다.

아침에 하는 세 가지 일과와 저녁 산책의 공통점은 자연스러운 습관이 되었다는 것이다. 일정 기간 반복되는 습관으로 자리 잡으면, 많은 생각을 하거나 애쓰지 않아도 당연하고 자연스럽게 행동하게 된다. 습관은 시스템이라 한번 구축되면 쉽게 무너지지 않는다.

독서도 습관으로 이어지는 것이 중요하다. 책을 접하고, 읽고, 활용하는 것이 몸에 밴 습관이 될 때 지속적으로 책을 읽어 나갈 수 있다. 그렇다면 쉽게 포기하지 않는 '독서 습관 만들기 노하우'를 알아보자.

첫째, '하루 15분 읽기'부터 시작하자.

내가 할 수 있는 만큼의 시간을 정해 작게 시작하는 것이 좋다. 처음에는 꼭지 한두 개를 읽을 정도로 시작하고, 적응이 되면 시간을 늘린다. 아침 시간을 놓쳤다면 점심시간이나 오후에, 그것도 놓쳤다면 저녁이나 자기 전이라도 읽자.

하루는 1440분, 그중의 1퍼센트는 약 15분이다. '하루의 1퍼센트는 나를 위한 시간'으로 정하고 매일 실천해보자.

둘째, '일주일 목표'를 정하자.

한 달 목표나 1년 목표도 좋지만, 처음에는 장기적인 목표보다는 호흡이 짧고 가시적인 '주간 목표'를 세우는 것이 좋다. 일주일 목표를 세우고 매주 성공하면 그것이 월간, 연간 목표와도 연결된다.

범위를 일주일로 잡으면 목표를 기억하기도 쉽고, 한 주간의 시간을 탄력적으로 운영할 수 있다. 그 주에 목표 달성을 하지 못했더라도 다음 주부터 다시 시작하면 된다. 주간 계획대로 3회만 연속으로 성공해도 습관 형성에 필요한 기간인 21일이 된다. 일주일 목표를 세우고 작은 성취감부터 쌓아 나가자.

셋째, '도서관 방문'을 일상화하자.

도서관은 특별한 날에만 가는 곳이 아니다. 도서관에 가기 전에는 '굳이 가야 하나'라는 생각이 들 수 있지만, 일단 가면 오길 잘했다는 생각이 든다. 다양한 책도 실컷 볼 수 있고, 무엇을 해도 집중이 잘된다. 이왕 도서관에 간 김에 읽고 싶은 책을 빌려 오자.

도서관 방문을 기준으로 책을 읽으면 일정한 독서 리듬이 생긴다. 가족과 함께라면 더 좋다.

넷째, '독서 현황'을 기록하자.

독서 노트나 컴퓨터 파일 등에 나만의 독서 현황을 기록하자. 읽은 책의 제목과 읽은 날짜를 기록하고 수시로 들여다보자. 독서 현황이 채워지는 것을 보면 독서에 대한 동기가 절로 생긴다. 언제 어떤 책을 읽었는지, 최근에 무슨 책을 읽었는지, 얼마나 읽었는지를 한눈에 볼 수 있어 계속 읽고 싶은 마음이 든다. 책 제목과 날짜만 적은 간단한 목록이지만 꽤 효과가 크다.

다섯째, '가방 속에 책'을 넣고 다니자.

가방에 항상 책을 넣어 두는 것도 습관 형성에 좋다. 가방에 언제든지 가지고 다니는 책이 있으면 틈새 독서를 할 수 있다.

은행에 가서 대기표를 받고 기다릴 때, 약속 장소에서 상대방을 기다릴 때, 대중교통을 기다릴 때 등 자투리 시간이 생길 때마다 꺼내서 읽어 보자.

출퇴근이나 간단한 외출, 여행을 갈 때도 어김없이 한 권의 책을 챙기자. 집을 나설 때 휴대전화를 챙기듯 말이다.

여섯째, '눈에 보이는 곳'에 책을 두자.

내 방, 사무실 등 내가 가는 곳에 읽어야 할 책을 놓아두자. 내 시야에 읽을 책이 있다는 사실만으로도 책을 손에 잡을 확률이 높아진다.

이 외에도 블로그나 인스타그램 등 SNS에 서평을 올리는 것도 좋은 습관이다.

'마감 기한'을 정하고 읽으면 도움이 된다. 한 권을 일주일 이상 진척 없이 붙들고 있으면 결심이 흐려지고 책에 대한 설렘이 사라지므로 적어도 7일 안에 계획을 세워 완독할 것을 추천한다. 데드라인은 적당한 긴장감을 주고, 시간을 좀 더 효율적으로 사용하게끔 해 준다.

책을 쉽고 재미있게 읽으려면 나만의 독서 습관 시스템이 필요하다. 습관을 만드는 주체는 나지만, 일단 습관이 형성되면 습관이 나를 이끌어 준다. 모든 일이 그러하듯 독서도 초반은 힘들지만, 일단 시작하면 점점 몰입이 되면서 가속도가 붙는다. 반복될수록 습관이 되어 점차 수월해진다.

이제 나는 책 없이 보내는 일상과 삶을 상상할 수 없다. 나에게 읽을 책이 없다는 것은 할 일이 없다는 말과 같다. 책 없이 보내는 하루는 공허하지만, 책과 함께하는 하루는 충만하고 알차다.

도서관이 당분간 문을 닫아 아쉬움이 많은 요즘, 나는 집에 있는 책을 다시 반복해서 읽고 있다. 평소에는 대충 훑어보던 잡지도 이참에 꼼꼼히 반복해서 읽어 보니 새롭다.

밥을 먹고, 화장실을 가고, 잠을 자는 등 기본적인 활동은 이것을 꼭 해야 하나 말아야 하나, 할 수 있을까 아닐까 등의 고민을 하지 않는다. 그저 배가 고프니 밥을 먹고, 생리 현상이 급하니 화장실을 가고, 피곤하기 때문에 잠을 잔다.

독서도 마찬가지로 본능적으로 몸이 가고, 스스럼없이 행하는 일이 되게 하자. 몸이 기억하고, 자연스럽게 의식되고, 마음이 수시로 동하는 독서 환경과 시스템을 구축한다면 충분히 가능하다.

성공하는 독서의 첫걸음은 독서 습관을 만드는 것이다. 독서 습관 만들기 노하우를 참고해 독서가 일상에 스며드는 삶이 되길 바란다.

02

결심하지 말고, 상상하라

강연 요청이 들어왔다. 막상 하겠다고 해 놓고 나니 걱정이 앞섰다. 대중 앞에서 말을 하는 건 교사인 나에게도 떨리는 일이다. 아이들 앞에서와는 달리 어른들 앞에서 말할 때는 왠지 불안하다. 게다가 강연 대상이 교사라서 부담이 컸다. 교사들의 귀가 얼마나 예리한지 잘 알기 때문이다.

나는 직원 회의 시간에 말할 때도 곧잘 긴장하는 편이다. 자리에서 일어나기 전부터 가슴이 콩닥거리고, 말을 할 때는 목소리가 떨리기도 한다. 긴장하지 말자고 아무리 다짐해도 생각처럼 조절되지 않는다.

'강의를 좀 편안하게 할 수는 없을까?'

고민하던 차에 강연의 대가가 쓴 책에서 힌트를 얻었다. 《브라이언 트레이시처럼 말하라》라는 책에서 브라이언 트레이시는 현장을 시각적으로 그리라고 조언한다.

"머릿속으로 긍정적인 그림을 그려볼수록 외부적인 모습 또한 그에 따라 향상될 수 있다. 마음속에 자신 넘치는 모습으로 당당하게 말하는 자신의 모습을 그려 보자. 그러면 당신의 잠재의식은 그것을 하나의 명령으로 받아들이고 그 형상과 일치하는 말과 감정과 몸짓을 당신에게 보내게 된다."

이 구절을 읽고 나는 자신 있게 강연하는 내 모습을 떠올리며 연습했다. 긴장을 풀고 웃으면서 최대한 편하게 말하는 연습을 했다. 내가 서 있을 위치와 움직일 동선을 상상하고, 손 동작이나 몸짓도 반복해서 연습했다. 처음에는 연기를 하는 것 같아 어색했는데, 계속 이미지트레이닝을 하며 반복하니 목소리와 동작이 조금씩 자연스러워졌다.

드디어 강연 당일, 강연 장소에 미리 도착해 컴퓨터 바탕화면에 자료를 깔았다. 자료가 잘 넘어가는지 확인한 후 맨 앞자리에 앉았다.

강연자 소개에 이어 연단에 올랐다. 넓은 강의실을 가득 메운 선생님들의 시선이 한눈에 들어왔다. 가슴이 쿵쾅거리기 시작했다. 하던 대로 하자, 라고 생각하며 연습한 대로 임했다.

다행히 큰 변수 없이 강연은 끝났다.

긴장되는 심정으로 후배에게 "내 강의 어땠어? 긴장한 거 티 났어?"라고 물었다. 그는 내 질문이 의외라는 표정을 지으며, "아니요. 긴장 전혀 안 한 것같이 잘하시던데요?"라고 말했다. 천만다행이었다.

이 경험은 나에게 결심하는 것보다 상상하는 것이 더 큰 영향을 미친다는 깨달음을 주었다. 책을 읽으며 우리는 많은 결심을 하지만 모두 실천하지는 못한다. 이때 실천을 쉽게 하는 방법은 '결심'과 '실천' 사이에 '상상'을 넣는 것이다. 생생한 상상을 잘 활용하면 결연한 의지를 뛰어넘는 지름길이 될 수 있다.

우리는 많은 일에서 결심하고, 굳은 의지를 가지고 부단히 애쓰고 노력한다. 하지만 생각처럼 큰 변화가 느껴지지 않거나 지속적인 행동으로 유지해 나갈 수 없는 경우가 종종 있다. 이때 상상을 활용하면 좀 더 수월하다. 즐기는 자가 노력하는 자를 이기는 것처럼 때로는 설렘을 가지고 기대하는 힘이 초월적인 추진력과 실행력이 된다.

자주 상상하면 더 쉽고 여유 있게 행동할 수 있다. 뇌가 반복된 상상을 현실로 착각하기 때문이다. 긴장하지 말자고 아무리 결심하고 노력해도 잘하지 못하던 내가 자연스럽고 편안하게 강연하는 모습을 수시로 떠올리기만 했을 뿐인데, 강연 공포를 극복하고 무사히 강연을 마친 것처럼 말이다.

상상은 종종 의지를 뛰어넘는다. 뇌는 반복되는 상상을 현실로 착각한다. 힘을 빼고 기대하는 마음으로 임하면 잠재의식이 움직인다. 이 원리를 독서에 적용해 본다면 어떤 좋은 점이 있을까?

첫째, '시작하는 힘'을 준다.

독서에 기대하는 바가 생생한 상상으로 이어지면 작게라도 시작할 수 있는 원동력이 된다. 저자의 성장 스토리에서 동기부여를 받거나 메시지에 마음이 움직이면 우리는 결심하게 되고 행동하고 싶어진다. 이때 상상력이 더해지면 보다 쉽게 시작할 수 있다. 어떤 일이든 시작이 어렵지만, 일단 시작하면 과정에 몰입된다. 결국 시작이 반이다.

둘째, '끝까지 가는 힘'을 준다.

상상력은 포기하지 않고 오래 지속할 수 있는 연료가 된다. 책을 읽고 나서 행동 변화를 이루거나 습관 시스템을 만들고 싶을 때 바라거나 기대하는 바를 지속적인 상상으로 이어갈 수 있다면 중간에 힘이 들거나 슬럼프가 오더라도 끝까지 갈 수 있는 힘이 돼 준다.

우리는 종종 많은 준비를 하고 굳은 결심으로 시작하지만, 끝까지 마무리하지 못하거나 중간에 포기하기도 한다. 그럴 경우 의지나 결심에만 기대면 의지박약이라고 자신을 책망하며 감정 소모를 하거나 자신을 몰아붙여서 강박과 부담감이 생기기도 한다. 하지만 상상과 생생한 시각화를 잘 활용한다면 지속가능한 실천으로 좀 더 여유 있고 즐겁게 갈 수 있다.

셋째, '꿈을 꾸게' 한다.

새로운 생각을 하게 해 주는 책에 생생한 상상이 더해지면 한계가 없는 꿈이 된다. 때때로 우리에게는 현실적이고 이성적인 생각으로 스스로에게 짓는 한계보다, 잠재력을 가능성으로 만드는 가슴 뛰는 꿈이 필요하다.

상상력을 활용하면 우리는 무엇이든 될 수 있다. 꿈을 꿀 때 우리는 진정 행동하게 된다. 물론 꿈을 꾸고 그 꿈이 이루어져서 결과까지 더해지면 더할 나위 없이 좋겠지만, 꿈을 꾸는 그 자체만으로도 위대하다. 꿈은 우리를 현재에 머물게 하지 않고 내일을 기대하게 만들기 때문이다.

내가 '3년간 1000권 읽기'를 시작한 것도 결국은 상상의 힘이었다. 3년 뒤에 멋진 베스트셀러 작가가 된 내 모습을 생생하게 떠올렸기 때문에 주저 없이 시작할 수 있었다. 책을 읽다가 슬럼프가 왔을 때도 상상의 힘으로 이겨냈다. SNS에 '1000권 읽기 성공'이라고 당당하게 달성 결과를 올리거나 지인들이 놀라는 반응 등을 구체적으로 상상했기 때문에 그 목표를 끝내 이룰 수 있었다.

이 상상의 힘은 '완전 독서'에서 나아가 '나만의 책을 쓰겠다는 꿈'을 현실로 만들어 주었다. 책을 쓰는 과정은 결코 만만치 않았지만, 그럴 때마다 나의 분신인 책이 세상에 나오는 모습을 그리며 또다시 힘을 냈다. 그 과정은 힘들었지만 한편으로 설렜다. 내가 꿈꾸는 방향으로 행동하고 가슴 뛰는 일에 매진할 때 진정으로 나답게 존재한다는 것을 실감했기 때문이다. 사람은 자신이 상상한 만큼 생각하고 행동할 수 있다. 내가 끊임없이 생각하는 것이 곧 나이자 다가올 미래가 된다. 나의 잠재력과 가능성을 좌우한다.

'사지 없는 인생'의 대표인 닉 부이치치는 한계가 없는 삶을 보여 주며 많은 사람에게 용기와 도전 정신을 심어 주었다. 그의 대표적인 책 제목도 《Life without limits》(한계 없는 삶, 국내 출간 제목은 《닉 부이치치의 허그》)이다. 실제로 그는 신체적인 한계를 가지고 있었지만, 자신에게 한계가 없다고 믿었기에 스스로의 인생을 개척할 수 있었다. 그는 건강한 어느 누구보다 더 특별하고 가치 있는 삶을 살고 있다.

우리가 하는 모든 일은 우리의 마음이 결정한다. 마음먹은 대로, 바라는 대로 이루려면 우리에게 '상상'이라는 불쏘시개가 필요하다. 우리를 빠르고 즐겁게 움직이게 하는 기대감과 희망의 불쏘시개 말이다.

나는 책 읽는 사람이자 상상하는 사람이다. 그래서 멈추지 않고 성장할 수 있었고, 나의 한계를 깨는 도전을 결실로 만들 수 있었다. 또한 결심하고, 애쓰고, 버티기만 하던 삶에서 생각하고, 상상하고, 행동하는 삶이 되었기에 더 없이 행복하다. 부디 여러분도 '상상'이라는 추진력으로 쉽게 시작하고, 끝까지 포기하지 않으며, 무궁무진하게 꿈꿀 수 있기를!

03

기억하지 말고 기록하라

학교에서 방송 업무를 맡았다. 기계라면 휴대전화조차 관심 없는 사람인데 방송은 교과 담임이 맡아야 하는 상황이라 어쩔 수 없었다. 전임자에게 인수인계를 받을 때 설명을 귀로 듣기만 했다. 그랬더니 보름도 지나지 않아 기억이 가물가물했다. 방송 장비는 방송실 외에도 체육관, 시청각실 등 여러 곳에 있어서 장소마다 작동법이 다른데, 기계치인 내가 직접 해보지 않고 듣기만 했으니 기억이 제대로 날 리 없었다.

하는 수 없이 작년 담당자에게 다시 물었다. 들어도 기억할 자신이 없어 장비별 사용법을 포스트잇에 적어서 붙였다. 방송실에서 방송을 송출할 때 조작해야 할 모든 스위치에 켜는 순서대로 번호를 붙였다. 다른 곳에 있는 장비도 마찬가지다.

스위치를 아래에서부터 켜는지 위에서부터 켜는지 방향을 표시하고 눌러야 하는 버튼에 동그란 스티커를 붙였다. 마구 섞여 있는 선들도 용도별로 구분해서 바구니에 따로 담고 이름을 써서 붙였다. 그렇게 기록을 해 두니 마음이 한결 편했다. 학교 행사가 있을 때마다 방송실에 들어가서 번호순으로 버튼을 누르고 매뉴얼을 확인했다.

이러한 기록은 나에게도 도움이 되었지만 다른 사람에게도 유용했다. 방송반 아이들에게 기계 조작법을 설명할 때도, 새로운 담당자에게 방송 업무를 인수인계할 때도, 미리 적어둔 매뉴얼이 빛을 발했다. 곳곳에 내가 붙여둔 포스트잇이 있어서 설명하는 사람도 이해하는 사람도 쉽고 간편했다. 새로 방송 업무를 맡은 사람이 내가 적은 매뉴얼을 보고 놀랄 때 나는 이렇게 말했다.

"저는 제 기억을 믿지 않아요. 기록을 믿어요."

7년 전 학교에서 처음 방송을 맡았을 때 붙여 둔 매뉴얼은 지금도 곳곳에 붙어 있다. 이 일을 통해 나는 기억보다 '기록'이 유용하다는 것을 확실히 깨달았다.

책을 읽을 때도 기록을 활용하면 좋다. 기록은 기억을 도와주고 사라지지 않는다. 언제든지 볼 수 있고, 내용을 쉽게 요약하고 정리할 수 있게 해 준다. 또한 이것이 있으면 필요한 부분이나 핵심을 빠르게 찾을 수 있으며, 다른 사람과 공유할 수 있다.

기록은 독서를 효율적이고 생산적으로 만들어 준다. 책을 읽고 기록하는 방법은 어디에 하느냐에 따라 크게 두 가지로 나눌 수 있는데, 바로 '책'에 기록하기와 '독서 노트'에 기록하기다. 먼저 책에 기록하는 방법은 다음과 같다.

첫째, 인상 깊은 구절이나 생각할 문장에 줄을 긋는다.
둘째, 줄 친 곳 여백에 내 생각과 느낌 등을 적는다.
셋째, 여백이 부족하면 포스트잇을 적극 활용한다.

책에 기록하는 방법은 책을 읽는 도중에 실행하면 효과적이다. 책을 읽으면서 인상 깊은 구절에 줄을 긋고, 그때그때 떠오르는 생각이나 느낌을 적는다. 이렇게 바로 기록을 하면 그냥 지나치거나 금방 사라질 수 있는 생각을 붙잡아 둘 수 있다. 책 한 권을 다 읽은 후에 이렇게 기록한 부분만 훑어도 책을 다시 보는 효과가 있어 재독, 삼독을 쉽게 할 수 있다.

그 다음으로는 독서 노트에 기록하는 방법이다.

첫째, 책 제목, 저자, 출판사, 기록 날짜를 적는다.
둘째, 인상 깊은 구절을 따라 적는다.
셋째, 각 구절이나 책 전체에 대한 내 생각이나 느낌을 적는다.

넷째, 실천 사항(Action)을 한 가지 이상 적는다.

다섯째, 꼭 기억하고 싶은 내용은 색깔 펜이나 별표 같은 기호로 강조한다.

독서 노트에 기록하는 것은 책을 읽는 도중에 해도 되고, 책을 모두 읽은 후에 해도 좋다. 두 가지는 서로 시기만 다를 뿐 방법은 같다. 책을 읽으면서 독서 노트에 바로바로 적어 두면 책 한 권을 완료함과 동시에 노트 정리도 함께 완성돼 성취감이 배가 된다. 하지만 독서와 기록이 함께 이루어지기 때문에 시간이 다소 오래 걸리고, 책 읽는 흐름이 끊기는 단점도 있다.

책 한 권을 모두 읽은 후에 독서 노트에 기록하면 다시 훑으며 인상 깊은 구절을 찾아야 하는 단점이 있지만, 전체 흐름을 파악하고 적기 때문에 독서 노트 기록이 훨씬 빠르고 체계적으로 이루어진다.

이렇게 노트에 정리를 했더라도 노트를 덮어 두기만 하면 책을 한 번 읽고 마는 것과 다를 바 없다. 기록은 기억에 도움이 되지만, 기록만 하고 다시 보지 않으면 기억에서 사라지기는 매한가지다. 기록에 들인 시간과 에너지가 아깝지 않게 주기적으로 살펴보고, 적절하게 활용할 수 있어야 한다. 즉, 기록을 위한 기록을 하지 않아야 한다.

인상 깊은 구절에 대한 내 생각이나 느낌을 적을 때, 딱히 적을 말이 생각나지 않으면 여백으로 남겼다. 의무감으로 적지 않았다. 그 구절을 곱씹는 것만으로도 의미가 있기 때문이다. 하지만 대체적으로 책 전체에 대한 느낌은 꼭 적었다. 나만의 느낌을 적어 두면 나중에 노트를 다시 볼 때 그 책에 대한 기억을 빨리 떠올릴 수 있다. 또한 기록할 당시의 생각과 다시 볼 때의 생각 차이를 알 수 있어 좋다.

기록에서 가장 중요한 것은 '실천 사항'이다. 처음에는 의욕이 넘쳐 책 한 권당 실천 사항을 세 가지씩 적었다. 그러자 읽은 책이 늘어날수록 실천하기 어려워졌다. 그래서 '1 book 1 action'(책 한 권에 행동 한 가지)을 모토로 하고, 실천 사항을 한 개만 적었다. 그러자 실천이 쉽고 만만해졌으며, 자연스럽게 습관으로 이어질 수 있었다.

손으로 쓰는 행위는 마찰력을 이기며 손이 밀고 지나가는 일이다. 컴퓨터로 쓰는 것보다 느리고 힘이 든다. 그래서 기록할 내용이 많은 책을 정리할 때 워드로 쳐서 인쇄해 봤는데, 업무 서류나 보고서처럼 느껴지면서 눈길이 가지 않았다. 비록 워드로 친 것에 비해 깔끔해 보이지 않더라도, 내 손으로 직접 꾹꾹 눌러쓴 글이 훨씬 눈에 잘 들어왔다.

훨씬 수고스럽지만, 내가 직접 손으로 독서 노트에 기록하는 이유는 고생한 만큼 더 마음이 가고 눈길이 가기 때문이다. 독서 노트가 한 권씩 쌓일 때마다 기쁘고 뿌듯하다. 독서 노트가 곧 나의 성장 기록이며 내 인생의 발자취이기 때문이다.

지금은 정보 그 자체보다 쉴 새 없이 쏟아지는 정보의 홍수 속에서 나에게 맞는 정보를 잘 선별하고 취하는 것이 중요하다. 책에 기록하거나 독서 노트에 기록하고 활용하는 습관은 전체 개요와 중요한 핵심을 파악할 수 있는 안목과 여러 정보를 융합하고 새롭게 적용할 수 있는 통찰력을 키워 준다.

삼독 이상을 할 수 있는 인생 책을 한번 기록해 두면 다시 일일이 책을 찾아보지 않아도 돼 매우 유용하다. 또한 책 욕심이 많은 나는 독서 노트가 있기 때문에 책의 중요한 부분을 기억해야 된다는 부담감을 내려놓을 수 있었고, 독서를 잘해야 한다는 강박에서 벗어나 책 읽는 즐거움을 제대로 만끽할 수 있었다.

내가 책에 기록하거나 독서 노트를 활용하는 방법은 하나의 기준이자 제시일 뿐 여러분의 독서 스타일과 실정에 맞게 참고하고 적용하면 된다. 중요한 것은 기억하려고 애쓰는 것보다 믿을 수 있는 기록을 잘 활용하면 여러분의 독서가 훨씬 효율적이고 깊어질 수 있다는 것이다. 또한 '독서하는 즐거움' 못지않은, '기록하는 즐거움'을 느껴 보길 바란다.

독서 노트에 기록한 예를 두 가지 제시한다. 실제로는 이보다 자세히 적었지만 형식을 참고하기 위한 사례이므로 간략히 정리한다.

독서 노트 기록 사례 1

제목/저자/출판사/날짜	〈빵을 끊어라〉 포브스 야오이, 매일경제신문사 2017.3.6.
인상 깊은 구절	- 밀의 성분인 글루텐에는 의존성이 있다. ★'중독성' 때문에 자꾸 먹고 싶어진다. - 원인 모를 신체 증상이 있을 때 당신이 할 수 있는 단 한 가지는 밀가루가 들어간 식품을 딱 끊는 것이다. ★장은 우리 몸을 지키는 1차 방위 기관으로 온몸의 면역체계의 70%가 모여 있다. ★감자를 튀기면 최악의 발암물질(아크릴아이드)이 생긴다 - 삼각 김밥에도 보존료를 넣는다.
내 생각이나 느낌	빵을 정말 좋아하는데 밀가루가 노화, 암, 당뇨병 등 병의 원인이 된다는 것을 알고 충격받았다. 빵을 끊을 수는 없지만 줄여야겠다.
실천 사항	삼각김밥, 감자튀김 먹지 않기!

독서 노트 기록 사례 2

제목/저자/출판사/날짜	〈100퍼센트 인생〉 이시형, 청아출판사 2016.8.7.
인상 깊은 구절	- 일본장수학회에서는 자기 나이에 0.7을 곱해서 자신의 나이를 생각한다고 한다. 50세면 35세, 70세면 49세가 되는 셈이다. - 현대인이 세르토닌이 부족한 이유는 잘 씹지 않고 잘 걷지 않기 때문이다. ★감사는 행복, 건강, 장수의 기본 요건이다. ★삶의 질은 퇴근 이후 시간에 결정된다. (퇴근 이후의 시간을 내 시간으로 알차게 사용하자) ★효도는 아이들이 어릴 적에 다 했습니다. (…) 무얼 더 바랍니까. 늙어서도 잘하면 그건 덤으로 생각하십시오.
내 생각이나 느낌	• 이 책의 저자는 80대 중반으로 이 책이 무려 87번째 책이다. 대단하다. • 내 나이에 0.7을 곱하니까 확 젊어진 느낌이다. 와우! • 의식적으로 감사하고 퇴근 이후 시간을 알차게 사용해야겠다. • 자녀가 생겨도 효도를 바라지 말고 어릴 때 웃음 주는 것이 효도라 생각하자.
실천 사항	• 평생 책을 읽어서 뇌를 젊게 하기 • 작은 일에도 매일 감사하기 • 골프가 뜻대로 안 되도 재미있다고 생각하기

04

독서의 질은 집중력에 달렸다

"야, 은이처럼 공부하면 서울대도 가겠다."

고3 때 학교에서 먹고 자는 시간 외에는 책만 보던 나를 보고 친구들이 늘 하던 말이다. 내가 생각해도 나는 공부를 정말 열심히 했다. 하지만 투자 대비 효율은 낮았다. 절대 시간을 최대한 끌어모아 공부한 것 치고 성적이 그다지 좋지 않았다.

반면 쉬는 시간마다 자주 돌아다니고, 수업 시간과 자율 학습 시간에 졸곤 하던 한 친구는 이상하리만치 성적이 잘 나왔다. 새벽에 집에서 공부하느라 낮에 잔다는 소문이 있기도 했지만, 그게 설령 사실이라 해도 다른 친구나 나에 비해 공부하는 시간이 많아 보이진 않았다.

미스터리했던 그 친구는 서울에 있는 명문대에 입학했다. 그 친구가 공부를 얼마나 어떻게 했는지 정확히 알 길이 없지만, 그 당시 문득 내 공부 방법에 문제가 있나, 하는 생각이 들 정도로 깊은 회의감을 느꼈다.

완전 독서를 실천하다 보니 지금은 놀 듯이 공부해 온 그 친구가 의자에서 엉덩이를 떼지 않고 공부해 온 나보다 높은 성적을 받았던 비결을 알 것 같다. 아마도 그 비결은 '집중력'이 아닐까 싶다.

공부를 하는 시간의 양도 중요하지만, 공부하는 시간에 적용된 집중력의 차이가 공부 효율을 결정짓는다. 이는 독서도 마찬가지다. 책을 붙잡고 있는 시간이 많아도 다른 생각을 하느라 제대로 집중을 못 하거나 이해가 되지 않은 채로 책장만 넘기는 것은 의미가 없다.

공부의 효율이 집중력에 달려 있듯 질 높은 독서 또한 제대로 된 몰입과 집중을 유지하는 힘에 달렸다. 독서의 질을 결정짓는 네 가지 요소는 다음과 같다.

첫째, 제대로 집중하려면 '시간'을 고려해야 한다.

이른 아침을 독서하는 시간으로 만들어 보자. 사람에 따라 다르겠지만 책은 아침에 보는 것이 좋다. 자극이 많은 낮보다 조용하고 한적해서 독서에 온전히 집중할 수 있기 때문이다. 고요하게 혼자 몰입할 수 있는 새벽이나 아침 시간은 독서 효율을 높일 수 있는 최적의 시간이다.

나는 독서 계획을 세울 때 새벽, 아침, 오전 순으로 우선순위를 잡는다. 나는 특히 아침형 인간이라 오전 시간을 전략적으로 잘 활용한다. 새벽 시간과 아침 시간을 잘 활용하면 하루를 두 배로 살 수 있다.

독서는 자연스럽게 생각을 유도해 뇌를 활성화한다. 아침에 책을 읽는 데 사용되었던 집중력이 하루 중 다른 일과를 시작할 때도 작용한다. 또한 책을 읽으면서 하루를 시작하는 뿌듯함은 그날의 활력이자 연료가 된다.

식곤증이 몰려오는 오후에는 아침보다 집중력이 떨어진다. 피곤이 누적된 저녁 시간도 마찬가지다. 저녁 시간이나 늦은 밤에 집중이 더 잘된다는 올빼미형의 사람도 있지만, 저녁 시간은 우리를 유혹하는 일상이나 자극이 더 많다. 이른 아침 약속은 없지만 퇴근 후 저녁 약속은 존재한다. 오랜만에 친구를 만나 맛집에 갈 수도 있고, 술을 마실 수도 있다.

재밌는 드라마나 예능 프로그램은 황금 시간대인 저녁 시간에 대체로 몰려 있다. 피곤함과 스트레스를 보상받고 싶은 마음에 TV나 넷플릭스를 켜는 순간 '시간 순삭'을 경험하게 된다. 그렇게 많은 자극 속에서 독서가 우선순위가 되기란 거의 기적에 가깝다.

둘째, 나에게 적합한 '장소'를 고려해야 한다.

내가 사는 동네는 카페가 활성화돼 있다. 카페에서 일을 하거나 공부를 하는 사람들이 많아 집중이 잘되려나 싶어 몇 번 가 보았지만, 사람들이 편안하게 느낀다는 백색 소음이 나는 귀에 거슬리고 불편했다. 백색 소음뿐 아니라 음악이 흘러나오는 카페에서 책을 읽는다는 건 더더욱 불가능한 일이었다.

나에게 최적인 독서 공간은 바로 도서관이다. 가까운 동네 도서관보다 국립세종도서관에서 집중이 잘돼 20년째 초보 운전자지만 차로 20여 분을 운전해서 다녔다. 최근에 차를 처분한 뒤로는 버스를 갈아타고 다닌다.

번거로움을 감수하면서까지 그곳에 가는 이유는 집중이 잘되고 마음이 편하기 때문이다. 가만히 앉아만 있어도 의욕이 샘솟고 기분이 좋다. 나에게 딱 맞는 장소다.

셋째, 집중력을 흩트리는 '방해 요소'를 차단해야 한다.

누구나 조용한 독서실이나 한적한 도서관에서 공부해 본 경험이 있을 것이다. 독서실이나 도서관은 방해 요소를 사전에 차단한 환경이다. 침대에 눕고 싶거나 간식을 먹고 싶거나 TV를 켜는 등의 달콤한 유혹이 이곳에는 존재하지 않는다. 집에서 의지로 욕구를 억누르며 공부하는 것보다 아예 그런 요소가 없는 장소로 가는 게 훨씬 현명하다.

책 읽기에 최적화된 나만의 장소에 왔다면 스마트폰 사용을 경계하자. 영화를 본다고 생각하면서 두 시간 동안 알람을 끄고 오롯이 독서에 집중하거나, 비행기에 탔다고 생각하며 비행모드로 바꾼 후 책을 읽어 보자. 습관적으로 확인하는 카톡이나 뉴스, 유튜브 시청만 줄여도 독서 시간을 확보하고, 질 높은 독서를 할 수 있다.

넷째, 집중력의 척도는 '마음가짐'이다.

집중력을 좌우하는 요인 중 하나는 마음가짐이다. 여기서 말하는 마음가짐은 단순한 의지가 아니라 '간절함'과 '목표의식'이다. 반드시 해야 하고, 무조건 한다는 생각이다.

어떤 계기 때문에 스스로 간절함을 가지기도 하지만, 시험 합격이나 마감 등 환경이나 상황이 만들어 주기도 한다. 시험날이 한참 남았을 때보다 얼마 남지 않았을 때 우리는 고도의 집중력을 발휘한다. 또한 목표를 정해야 계획대로 행동할 수 있고, 마감 기간이나 마감 시간이 있어야 끝날 때까지 집중력을 유지할 수 있다.

독서도 마찬가지다. 우리는 항상 책 읽을 시간이 없다고 말하지만, 막상 시간이 주어져도 독서를 우선순위로 실행하는 것은 쉽지 않다. 하지만 일주일 안에 한 권의 책을 읽고 레포트를 제출해야 하는 상황이라고 생각해 보자. 성적에 영향을 미치고, 마감 시간이 정해져 있기 때문에 고도의 집중력을 발휘해 책을 읽을 것이다.

나의 경우를 정리해서 요약하면, 나는 아침 시간대에 독서하는 것이 가장 효율적이고, 도서관이 가장 독서하기에 적합한 장소이다. 책을 읽을 때 가장 큰 방해 요소는 스마트폰이며, 제대로 읽고 인생을 바꾸고 싶다는 간절한 마음과 책을 쓰겠다는 명확한 목표로 완전 독서를 꾸준히 실천해 왔다.

여러분도 시간, 장소, 방해 요소, 마음가짐의 네 가지 요소를 고려해 독서의 질을 높이는 전략을 세워 보길 바란다. 독서와 인생의 효율을 높이는 길은 제대로 집중해서 읽는 한 권 한 권에 달려 있으니까.

05

독서를 일상 속 문화로 활용하라

몇 년 전 드라마 〈미생〉을 재미있게 보았다. 개연성 있는 사건 전개와 진솔한 스토리가 좋았고, 바둑 원리를 회사 생활에 적용한 점도 신선했다. 원작이 만화라는 이야기를 듣고 책이 드라마와 어떻게 다른지 알아보고 싶었다.

당장 도서관으로 달려가 미생 시리즈를 빌려 왔다. 드라마로 내용을 파악해서 그런지 책이 술술 읽혔다. 이렇게 좋은 만화를 이제야 봤구나, 라는 생각에 남편에게도 적극 추천했다.

2019년에 개봉한 영화 〈82년생 김지영〉은 책으로 먼저 읽었다. 단숨에 몰입해서 읽은 몇 안 되는 소설 중 하나다. 이야기나 소재 자체도 흥미롭고 재미있었지만, 나 역시 대한민국의 며느리 입장이다 보니 공감되는 부분이 많았다. 선호빈의 《B급 며느리》나 신지수의 《며느라기》를 읽었을 때처럼 나만 그런 게 아니었다는 안도감을 느꼈다.

조남주의 《82년생 김지영》이 영화로 제작된다는 기사를 접했을 때는 꼭 봐야겠다고 생각했고, 남편과 같이 봤다. 책으로 볼 때는 며느리 입장이 더 크게 보였는데, 영화로 볼 때는 남편과 시어머니의 입장도 헤아려졌다. 남편은 영화를 보고 나서 "책이랑 비교해서 어때?"라고 물었고, 우리는 자연스럽게 책과 영화에 관련된 대화를 나누었다. 책을 먼저 읽은 나는 책이 영화보다 재미있었지만, 영화가 좀 더 다양한 각도로 상황을 보게 해 색다른 느낌이라고 했다. 영화를 먼저 본 남편은 내 이야기를 듣고 원작 소설에도 관심을 보였다.

요즘 제작되는 드라마나 영화 중에는 웹툰이나 소설을 모티브로 만드는 작품이 많다. 대중에게 이미 인지도가 있거나 한 번 검증을 받은 작품을 콘텐츠로 제작하면 마케팅과 흥행에 유리하기 때문이다. 나처럼 책을 먼저 읽은 사람들이 관객으로 이어질 가능성이 높다

안전장치를 마련하고 시작하는 셈이다.

독자 입장에서는 이미 글로 접한 스토리를 영상으로 볼 수 있어 새롭다. 책과 영상을 비교해서 보는 재미도 있다. 무엇보

다 평소에 책을 자주 읽지 않는 남편이 영화를 보고 원작 소설에 관심을 가지듯 영상 콘텐츠가 독서로 자연스럽게 연결되는 점이 고무적이다.

이처럼 독서를 일상 속 문화에 접목하면 책을 읽고자 하는 욕구를 고취할 수 있다. 다음의 세 가지 연결점을 알아보자.

첫째, 미디어 콘텐츠와 독서를 연결하는 것이다.

이는 TV 드라마나 영화에 나온 이야기를 책으로 읽는 방법이다. 앞서 말한 두 사례처럼, 웹툰, 만화, 소설 등을 바탕으로 만든 드라마나 영화를 접한 후 모티브가 된 책이나 관련된 책을 찾아 읽는 것이다. 이미 영상으로 전체적인 내용 흐름을 알고 있기에 책을 읽을 때 가독성이 높으며 쉽게 이해할 수 있다.

책을 주요 콘텐츠로 삼은 프로그램을 시청하는 것도 도움이 된다. 책을 소개해주는 TV 프로그램을 보면 어렵거나 지루해서 중도에 포기한 책에 다시 도전하고 싶은 마음이 든다. 이미 읽은 책도 요약된 영상으로 만나면 새롭게 느껴져 다시 읽고 싶다.

〈요즘 책방: 책 읽어드립니다〉라는 프로그램을 통해 마키아벨리의 《군주론》을 다시 만났다. 마침 2주 전에 그 책을 읽었기에 더 반가웠다. 급히 독서 노트를 찾아 같이 참고하며 시청했다. 노트에 적은 문장이 TV 화면에 나올 때마다 시험 문제 정답을 맞힌 것처럼 기뻤다. 남편도 독서 노트의 위력에 새삼 놀라는 눈치였다.

프로그램에서 교수, 소설가, 배우 등 다양한 직업군과 성향을 가진 사람이 서로 다른 관점으로 해석하고 이야기를 나누는 점도 좋았다. 출연자들과 같이 독서 토론을 하는 듯해 혼자 책을 읽을 때보다 다채롭고 풍부하게 읽는 느낌이 들었다.

둘째, SNS를 통해 독서로 소통하는 것이다.

이는 유튜브에서 책과 관련된 콘텐츠를 구독하거나 책을 좋아하는 사람과 블로그 이웃이나 인친을 맺으며 서로 소통하고 정보를 공유하는 등의 활동이다. 나는 블로그와 인스타그램을 활용해 주기적으로 서평을 올린다. 책을 읽고 공유하고 싶다는 생각이 들면, 표지 사진을 찍고 내용과 느낌을 간략히 적어 해시태그와 함께 올린다.

인스타그램에 서평을 올릴 때는 #책, #독서, #북, #책스타그램 등의 해시태그를 붙인다. '좋아요(♥)'가 올라가는 걸 보면 나처럼 책에 관심과 애정을 가지고 있는 사람이 생각보다 많은 것 같아 새삼 기쁘기도 하다. 이렇게 책 관련 게시글을 꾸준히 올리다 보면 책을 좋아하는 사람들과 자연스럽게 이웃을 맺게 된다. 서로의 피드와 게시글을 보며 신간 정보도 알게 되고, 좋은 책 추천도 받는 등 정보를 공유하는 재미가 책을 읽고 싶은 동기 부여로 이어진다.

인스타그램에 올린 글은 복사해서 블로그에도 올린다. 블로

그에 책 서평 폴더를 만들고 마찬가지로 책과 관련된 사진과 메시지를 올린다. 네이버 블로그는 인스타그램처럼 실시간으로 '좋아요' 수가 늘어나지는 않지만, 나만의 데이터베이스를 구축한다는 점에서 의미가 있다. 즉, 블로그는 정보 공유가 목적인 동시에 나만의 자료를 정리하는 기록 플랫폼이자 온라인상의 독서 노트인 셈이다. 한때 반짝이다만 다른 플랫폼과 달리 네이버 블로그는 꾸준히 롱런하고 있기에 가장 믿을 수 있는 저장 공간이다.

셋째, 서평단 활동으로 꾸준한 독서를 할 수 있다.

출판사에서 '서평단'을 모집할 때가 있다. 보통 신간을 홍보하기 위해 서평단을 모집해 글을 활용하는데, 일회성 모집과 장기성 모집이 있다. 일회성 모집은 책 한 권에 대한 서평단을 모집하는 것이고, 장기성 모집은 6개월 이상 출판사 신간이 나올 때마다 활동할 인원을 모집하는 것이다. 서평단은 출판사 홈페이지나 블로그를 통해 보통 10명에서 30명까지 선정한다. 서평단으로 선정되려면 블로그나 인스타 등 SNS 활동을 꾸준히 하고, 이웃 수나 팔로워 수가 많은 것이 유리하다.

서평단이 되면 장점이 많다. 새로 나온 따끈따끈한 신간을 누구보다 빨리 볼 수 있고, 무료로 볼 수 있다. 집으로 친절히 보내 주니 편하고, 가끔 특별판을 받는 놀라운 일도 생긴다. 최근에 장영희 씨의 '100쇄 기념 에디션' 책을 받았다. 좋아하는 작가의 특별판을 소장하는 것은 정말 행복한 일이다.

물론 서평단이라면 책을 읽고 서평을 써야 할 의무가 있다. 기한 내에 써야 돼서 시간에 쫓기며 숙제처럼 할 때도 있다. 하지만 마감 기한이라는 강제성이 오히려 책을 읽고 글을 쓰는 행동력을 높여준다. 한 번쯤은 참여해 보기 바란다.

이 외에 도서관, 오프라인 서점, 중고 서점, 북 카페를 주기적으로 방문하거나 온라인, 오프라인 독서 모임에 참여하는 것도 좋다. 자신의 현재 상황과 성향에 맞는 방법이면 된다. 시간을 일부러 내는 독서 대신 자신의 일상과 독서를 조화롭게 연결해 보자. 독서의 묘미가 배가될 것이다.

06

책마다 한 가지 실천을 남겨라

하루가 멀다 하고 인터넷으로 물건을 사던 때가 있었다. 신혼이라 인테리어에 한참 관심이 많을 때였다. 집 안을 아기자기한 소품으로 꾸미고 싶어 즐겨찾기에 인테리어 사이트를 여러 개 넣고 틈나는 대로 장바구니에 담았다. 꽃병, 조화 등 거실 용품부터 수프 그릇, 포크 받침 등 부엌용품, 그리고 비누받침, 바가지 등 욕실용품까지 샀다. 좁은 집안이 금세 물건으로 가득 찼다. 하도 물건을 자주 사서 택배 아저씨가 나를 알아볼 정도였다.

그중 일부는 필요한 물건이기도 했지만, 대부분은 꼭 필요하진 않지만 있으면 좋을 법한, 그저 예쁘고 눈이 가서 고른 물건이었다. 무섭게 쌓이는 택배 상자를 보며 남편은 기존에 있던 물건도 충분히 예쁘다며 구매를 말렸지만, 도통 멈출 수 없었다. 머릿속에 갖고 싶은 소품들이 계속 아른거렸다. 새로 산 물건 사진을 SNS에 올려 사람들의 관심과 칭찬을 받는 것도 당시 소소한 즐거움 중 하나였다.

브레이크가 없는 쇼핑 중독에 빠진 나는 두 번의 이사를 거치며 집에 불필요한 물건이 꽤 많다는 것을 알게 되었다. 또한 '미니멀리즘'에 관련된 책을 접하며 내가 얼마나 물건에 둘러싸여 무겁게 살아왔는지 깨달았다.

물건을 사고 소비하는 기쁨이 삶의 큰 기쁨 중 하나라고 느꼈다. 단순하고 가볍게 사는 삶은 이전과 완전 반대되는 삶이었다. 하지만 나는 최소한의 물건만 갖추고 사는 간결한 삶에 매료되었고, 빈 공간이 생기거나 넓은 집으로 이사를 갈 때마다 집 안을 꾸미고 채우려던 생각을 버렸다. '채운 집'이 아니라 '비운 집' 사진을 보는 것만으로도 홀가분하고 기분이 산뜻해졌다.

지금 나는 아무리 예쁜 물건이 유혹해도 쉽게 넘어가지 않는다. 최대한 단순하고 가볍게 살기로 다짐했기 때문이다. 또한 내 공간의 주인은 나의 물건이 아니라 바로 사용하는 나다. 스트레스를 받을 때 물건을 사게 되거나 심리적인 공허함이 있을 때 물건에 집착하는 마음이 생긴다는 것도 알게 되었고, 물질적인 것으로 채워지지 않는 보이지 않는 가치에 대해서도 생각하게 되었다. 미니멀리즘에 관련된 책을 모조리 섭렵한 나의 완전 독서는 충동구매를 멈추게 해 줬을 뿐만 아니라 물건을 구매해 왔던 나의 심리와 상황을 돌아보게 해 줬다.

3년간 1000권을 열심히 읽고도 크게 달라지지 않은 나는 다른 결심을 해야 했다. 제대로 읽고 싶었고, 제대로 된 변화를 느끼고 싶었다.

'한 권의 책을 읽으면 하나를 실천하자.'

결국 실천이다. 내가 실천하지 않는 독서를 하다가 독서에 배신당해 보지 않았다면, 아직도 수많은 독서법 책에서 강조하고 있는 저 말을 뻔한 문장으로 여기고 지나쳤을 것이다.

책을 읽고 실천해야 진짜다. 실천해야 완전 독서가 완성된다. 그동안 책을 읽고 집중할 수 있는 환경을 만들고, 책의 내용을 잘 이해하고 흡수하려고 기록했다면 이제 그 모든 여정의 결과이자 목표인 '실천'을 해야 한다. 그래야 머리와 가슴으로 충분히 받아들인 독서가 몸으로 체화되고, 습관과 삶으로 이어지는 '완전 독서'를 달성할 수 있다.

꾸준히 지속 가능한 실천을 하려면 무엇보다 '기록'을 잘 활용할 수 있어야 한다. 기록은 한 번으로 끝나는 것이 아니라 자주 들여다보며 인식하고, 필요할 때마다 적절히 행동하고자 하는 것이다. 기록은 실천력을 높여 주는 지름길이다. 기록 활용 팁은 다음과 같다

첫째, '노트 활용하기'다. 이것은 노트에 기록한 것 중 '실천 사항'을 활용하는 것이다. 먼저 독서 노트에 기록한 '실천 사항'을 본다. '1 book 1 action'을 마음에 새기며 이른 시일 내로 실천한다.

실천 사항에 쓸 만한 내용은 '이번 주 안에 저자의 다른 책 읽기', '관계가 소원했던 지인 세 명에게 문자 보내기', '하루에 30분 이상 걷기' 등 뭐든지 괜찮다. 중요한 것은 나중이 아니라 지금 바로, 될 수 있는 한 3일 내나 일주일 내로 빨리 실천하는 것이다.

노트에 적은 '실천 사항'에 색연필로 테두리를 그려 두면 좋다. 눈에 띄게 강조해 두면 노트를 볼 때마다 한눈에 들어온다. '실천 사항' 옆에 작은 네모 상자를 그려서 V자 표시로 실천 여부를 체크하는 것도 좋은 방법이다. 작은 표시 하나가 실천 의지를 더 높일 수 있다.

둘째, '포스트잇 활용하기'다.

이것은 실천 사항을 포스트잇에 적어 눈에 잘 띄는 곳에 붙이는 방법이다. 예를 들어 냉장고 앞이나 책상 앞, 달력이나 전신 거울 등 자주 사용하고 손이 닫는 공간에 붙여 수시로 보는 것이다. 우리는 자주 보는 것을 행하게 되어 있고, 행동이 거듭될 때 습관이 된다

독서 노트를 꺼내 확인할 시간조차 없이 바쁜 시기라면 손

쉽게 떼고 붙일 수 있는 포스트잇을 적극 활용해 보자. 놀랍도록 쉬운데도 강력한 효과가 있으며, 습관이 된 포스트잇을 떼고 새로운 '실천 사항'으로 업그레이드 할 때는 뿌듯한 성취감도 든다.

나는 윤선현 저자의 《하루 15분 정리의 힘》을 읽고 정리에 대한 인식과 습관을 바꾸었다. 정리는 쉬는 주말이나 대청소를 하는 날 한꺼번에 하는 것이라 생각했고, 평소 물건을 사용 후 제자리에 놓는 정도였지 그렇다 할 정리는 거의 하지 않았다. 하지만 이 책을 읽고 '15분 내로 정리하기'를 알게 된 후로는 한꺼번에 날을 잡거나 크게 마음을 먹고 하는 게 아니라 평소에 조금씩, 천천히, 자주 정리하게 되었다. "최고의 인테리어는 정리하기다"라는 구절을 마음에 새기며 틈틈이 물건과 공간을 비우는 습관도 지니게 되었다.

마키타 겐지의 《식사가 잘못 됐습니다》를 읽고 나서는 음식을 먹는 순서를 생각하며 먹는다. 책을 읽기 전에는 밥이나 먹고 싶은 반찬에 먼저 젓가락이 갔지만, 이제는 '채소', '단백질', '탄수화물' 순으로 먹는다. 식사 때마다 이 순서를 염두에 두고 채소류를 먼저 먹고 다음으로 고기나 콩 등을 먹고 밥은 마지막에 먹는다. 처음부터 밥을 먹으면 혈당량이 급격히 올라가기 때문이다.

KBS명견만리 제작팀이 쓴 《명견만리》를 읽고, 책에 인용된

최규석의 《송곳》이라는 만화를 찾아 읽었다. 《명견만리》를 읽은 뒤 노트에 적은 '실천 사항'은 '송곳 읽기'였다. 책을 읽고 이 만화를 찾아서 읽는 실천이 있었기에 나는 비정규직과 노조에 대해 관심을 가지게 되었다. 책을 읽기 전의 나와 책을 읽고 나서의 내가 완전히 달라지고 확장된 것이다.

책을 가까이하면서도 삶이 바뀌지 않았다면 실천을 소홀히 하지 않았는지 생각해 봐야 한다. 열 권의 책을 읽었다면 열 가지의 변화가 있어야 한다. 100권의 책을 읽었다면 100가지의 행동이 더해져야 한다.

모든 책에서 꼭 실천 사항이 나오거나 실천한다고 해서 모두 꾸준한 습관이 될 수는 없지만, 열 권의 책을 읽은 후 열 가지의 시도를 하고, 적어도 다섯 가지를 습관으로 만들며, 두 개의 인생 습관을 구축했다면 제대로 삶을 변화시키는 독서를 한 것이다. '읽는 인간'에서 '읽고 행동하는 인간'이 되면 무궁무진한 변화가 시작된다. 나도 몰랐던 나를 알게 되고, 내 안에 잠들어 있던 거인을 깨워 더 큰 나를 만나게 된다.

실천은 꼭 몸으로 하는 것만을 의미하지 않는다. 생각을 바꾸거나 깨달음과 지혜를 얻는 것도 포함된다. 편견이나 고정관념을 깨고, 가치관과 삶의 철학을 바꾸는 것도 실천이다.

다이어트를 할 때 식단 관리와 운동을 시작해도 바로 몸무게가 줄거나 살이 빠지는 게 체감되지 않았던 경험이 한 번쯤은 있을 것이다. 심지어 열심히 했음에도 불구하고 상당 기간 몸무게가 늘기도 한다. 하지만 결국 어느 정도 시간이 지나면 몸무게가 줄어든다. 개인에 따라 차이는 있겠지만 몸이 그 변화를 받아들이고 적응하는 버퍼링 기간이 필요했을 뿐, 얼굴과 몸의 라인이 바뀌고, 몸이 가볍고 산뜻해진다.

책을 읽고, 기록하고, 실천하는 삶으로 변화할 때도 마찬가지다. 당장 겉으로는 별 차이가 없는 듯하다. 심지어 책을 읽고, 기록하고, 실천까지 하는 실용 독서 3단계가 몸에 익기 전까지는 안 그래도 바쁜 삶에 또 하나의 할 일을 더하는 것 같기도 하다. 하지만 결국 살이 빠지는 시점이 오듯 내 삶이 바뀌는 임계점도 온다. 처음에 변화가 미미하다고 쉽게 포기하지 말자.

다이어트를 시작한 후 몸에서 일어나는 변화가 우리 눈에 보이지 않지만, 분명히 우리 몸은 수많은 화학작용을 거치고 있다. 몸이 바뀐 식단과 운동을 새로운 삶의 태도로 받아들이고 적응하는 데 시간이 걸리는 것처럼, 3단계 실용 독서가 당연한 일상이 돼 완전히 소화하고 체화되기 전까지 마땅한 시간이 소요된다. 하지만 실천이 멈추지 않는다면 목표는 결국 달성된다.

작은 변화가 꾸준히 쌓여야 생각과 행동이 융합된다. 건강, 다이어트, 운동, 재테크, 공부, 정리, 취미 등 어떤 영역이든 한 가지의 실천이 더해질 때마다 매번 성장하고 진화된 내가 된다. 음식을 제대로 소화하면 몸에 좋은 영양분이 흡수돼 좋은 음식이 곧 내가 되듯, 완전 독서는 내 삶을 좋은 습관으로 채워 좋은 책이 곧 내가 되게 한다.

실천이 곧 나다. 책을 아무리 읽어도 내 삶이 바뀌지 않는다면 무슨 소용이 있을까? 책마다 한 가지 실천을 남기자.

'1 book 1 action!'

07

마음에 새기고 몸으로 익혀라

'가장 중요한 샷은 다음 샷이다.'

이 말을 가슴에 새기기 전까지 골프 라운딩은 내게 힘겨운 노동에 가까웠다. 땡볕에서 5킬로미터를 넘게 걸으며 골프채와 씨름했고, 정신적으로도 미스 샷 때문에 괴로웠다. 그때 나를 다시 일으켜 세운 한마디 말이 바로 저 문장이다.

골프에 대해 새로운 생각을 갖게 한 책이 있다. 바로 김헌 저자의 《골프도 독학이 된다》이다. 이 책을 읽으며 골프가 철저히 '마음'을 다스리는 운동임을 깨달았다. 나에게 필요한 것은 '굿 샷'(잘 치는 샷)이 아니라 '유효 샷'(어쨌든 앞으로 가는 샷)'이라는 것을 알게 되면서 거리에 대한 욕심도 내려놓았다. '가장 중요한 샷은 다음 샷이다'라는 문장을 반복해서 적으며 마음에 새겼다. 라운딩 내내 이 문장을 복기하니 놀랍게도 마음이 편안해졌다. 이전처럼 타수에 연연해하지 않고 과정 자체를 즐기게 되었다.

마음이 편해지자 한결 여유가 생겼다. 그제야 골프가 노동이 아닌 '게임'이 되었다. '즐겁게 쳤다'는 말을 비로소 할 수 있게 되었다.

'이거구나. 나에게 필요한 건 멘탈이었어.'

왜 골프가 멘탈 스포츠이고, 골프 심리학이 존재하는지 알 것 같았다.

굿 샷이 나오면 머릿속에 비디오처럼 저장했다. 미스 샷이 나오면 '내가 친 게 아니구먼'이라며 부정적인 생각을 빨리 털어 버렸다. 마치 찍은 사진과 동영상을 삭제하듯 어른거리는 실수 영상을 머리에서 지우고 다시 시작하는 마음으로 임했다. 그러자 앞에 한 실수에 연연해하지 않고, 다음 샷을 제대로 준비할 수 있었다.

실제로 골퍼들은 실수하거나 예기치 않은 방향으로 게임이 흘러가더라도 쉽게 흔들리지 않고 다시 집중할 수 있도록 멘탈 훈련을 한다. 이렇듯 골프는 실력도 중요하지만, 경기에서 누가 더 긍정적으로 생각을 전환하며 끝까지 집중할 수 있느냐가 관건인 것 같다.

'가장 중요한 샷은 다음 샷이다'라는 말을 마음에 새기지 않았다면 나는 사 놓은 장비가 아까워 끝까지 매달리다가 늘지 않는 실력과 거듭되는 실수에 좌절하며 골프를 포기했을지도 모른다. 하지만 골프에 관련된 책을 통해 생각을 바꾸고 힘을 얻었기에, 골프의 진정한 묘미를 알아 가고, 느리지만 꾸준히 실력을 키울 수 있었다.

이처럼 책이 주는 한 문장으로도 일상이 바뀌고, 삶을 대하는 태도나 자세가 바뀔 수 있다. 누군가에게는 그저 스쳐 지나가는 문장일 수도 있지만, 절박하거나 필요한 사람에게는 그 문장이 사막에서 만난 오아시스와 같은 가치와 의미가 될 수도 있다.

책을 읽고, 쓰고, 실천한다는 것은 책을 받아들이고, 마음에 새기고, 몸으로 익힌다는 것이다. 기록은 마음에 새기는 것을 돕고, 실천은 몸에 자연스럽게 익혀지게 한다.

마음으로 새기고, 몸으로 익히는 독서의 구체적인 접근과 응용에 대해 알아보자.

첫째, '마음에 새기기'는 '반복해서 생각하는 것'이다.

여기에 '기록'과 '암송'이 필요하다. 기록은 앞서 설명했기에 지금은 '암송'을 살펴보자. 사색하려면 핵심 내용을 기억해야 한다. 한 문장이라도 머릿속에 있어야 가슴으로 연결돼 깊이 생각할 수 있다. 그래서 '암송'이 필요하다.

마음에 새기는 가장 좋은 방법은 외우는 것이다. 인상 깊은 구절을 외워두면 언제 어디서나 필요할 때 떠올릴 수 있고, 시간이 지나도 쉽게 사라지지 않는다.

중학교 2학년 때 '성경 암송 대회'에 나갔다. 그때 외운 말씀 중 지금까지 기억하는 말씀이 있다. 성경을 보다가 그 구절을 만나면 반갑고 힘이 생긴다. 그동안 성경 통독을 50회쯤 했지만, 통독보다 말씀 암송이 더 강력하다. 한 구절이라도 기억해야 언제든 떠올릴 수 있고 생각할 수 있는 진정한 내 것이 된다.

성인이 되어서는 '찬송가 암송 대회'에서 참여했다. 찬송가 가사를 종이에 써서 달달 외웠고, 나는 이 대회에서 1등을 했다. 그때 외운 찬송가 중 10년이 지난 지금까지도 기억나는 찬송이 있다. 가끔 길을 잃었다고 생각되거나 힘들 때마다 이 찬송을 떠올리고 불러본다. 그러면 놀랍게도 마음이 편안해지고 충만해진다.

독립운동가 김구 선생은 서산대사의 선시를 즐겨 외웠다고 한다.

"눈 덮인 들판을 걸을 때 발걸음 하나라도 어지러이 가지 마라.

오늘 내가 걸어간 이 발자취는 반드시 뒤에 오는 이의 이정표가 될 터이니."

오직 대한민국의 독립을 위해 헌신한 김구 선생이 마음에 새긴 구절이다. 일본의 압박과 끊임없는 회유 속에서도 흔들림 없이 전진한 인생의 중심에는 이 구절이 있었다.

기록이나 암송처럼 정적인 시간에서 더 나아가 동적인 시간을 갖는 것도 추천한다. 바로 틈틈이 책 내용 중에 좋았던 부분을 떠올리며 천천히 산책을 하거나 인상 깊은 구절을 되새기고 외우면서 리듬을 타듯 걷는 것이다. 몸을 단순하게 움직이는 행동이 반복되는 걷기는 자연스럽게 뇌 휴식을 유도하고, 두뇌에 혈액과 산소를 원활히 공급해 뇌를 활성화한다. 그래서 마음 깊이 새긴 문장을 기억하고 외우는 면에서 아주 효과적이다.

둘째, '몸으로 익히기'는 '반복해서 실천하는 것'이다.

올림픽 수영 챔피언인 마이클 펠프스는 어릴 적 주의력결핍과잉행동장애(ADHD) 진단을 받았다. 유치원 선생님은 그의 어머니에게 이렇게 말했다.

"마이클은 잠시도 가만히 앉아 있질 못해요. 아드님은 앞으로 어떤 일에도 집중하지 못할 거예요."

그러나 그는 세계 신기록을 세웠다. 2008년 베이징 올림픽에서 금메달 18개라는 대기록을 세워 수영의 전설 마크 스피츠를 앞질렀고, 그가 딴 통산 18개의 금메달은 올림픽 역사상 가장 뛰어난 개인 기록이다. 2012년 런던 올림픽에서 딴 메달까지 합치면 총 22개가 됐고, 그는 역사상 전 종목을 통틀어 올림픽에서 가장 많은 메달을 딴 선수가 되었다. 어린 시절 어떤 일에도 집중하지 못할 것이라는 절망적인 이야기를 들은 소년이 올림픽 챔피언으로 거듭난 비결이 무엇일까?

그것은 펠프스가 하루도 빠지지 않고 일주일에 7일, 1년에 365일을 훈련에 매진하며 수영 동작을 몸으로 철저히 익혔기 때문이다. 반복해서 실천해온 결과 몸의 기억이 자신의 집중력을 뛰어넘는 실력이 될 수 있었다.

세계의 챔피언이 된 펠프스처럼 우리도 독서로 얻은 깨달음과 실천을 매일 거듭한다면 내 인생의 챔피언이 될 수 있다. 반복해서 실천하는 힘은 잠재력을 깨우고, 목표나 자아실현을 이루는 삶의 무기가 된다.

사이토 다카시는 《세상에 읽지 못할 책은 없다》에서 "독서로 얻은 지식을 몸에 익히고 자신의 것으로 활용할 수 있어야 비로소 독서의 가치를 체감할 수 있다"라고 했다. 읽고, 쓰고 실천하는 3단계 실용 독서도 3단계를 잘 지키는 것에서 더 나아가 그 과정을 통해 책의 구절이나 메시지를 마음에 새기고 몸으로 익힐 때 빛을 발할 수 있다.

요즘 마음에 새기는 문장은 "내면의 크기가 그 사람의 크기다"라는 말과 "70퍼센트 확신이 들면 실행하라"이다. 이 문장들이 마음에 들어온 순간부터 나는 내면의 힘을 키우는 새로운 노력을 하고 있으며, 어떤 일을 결정할 때 완벽한 타이밍을 기다리거나 철저히 준비한다며 시작을 미루지 않는다. 그저 50퍼센트 이상의 확신이 들면 마음을 열고 최대한 빨리 실행한다. 막연히 기다리거나 망설이다가 시작조차 하지 못하고 후회한

적이 많기 때문에 나는 이 문장을 중요한 순간에 꺼내 스스로 에게 각인시킨다.

유대인 어머니는 자녀가 어릴 때부터 '토라'라는 잠언집을 반복해서 외우고 실천하도록 교육한다. 지혜의 정수인 잠언집을 마음에 새기고 몸으로 익히는 교육은 아이가 지혜롭게 성장하는 근본이 된다. 아마도 세계적으로 성공한 사업가, 정치인, 노벨상 수상자 중 유대인이 유독 많은 이유는 이 남다른 교육 방법에 있는 게 아닐까 싶다.

독서는 머리로 시작하지만 가슴을 움직이고 발로 내려가야 한다. 기록과 암송으로 마음에 새기고, 반복되는 실천으로 나만의 무기를 만들자. 읽고, 쓰고 실천하는 3단계의 실용 독서법으로 나와 내 삶을 바꾸는 완전 독서를 달성하자. 인생의 챔피언이 될 여러분을 응원한다.

08

나만의 책을 쓰겠다는 목표로 읽어라

5년 전에 드럼을 시작했다. 곡 연주를 받쳐 주면서도 리드하는 드럼 소리에 매력을 느꼈다. 한번 드럼에 관심을 갖기 시작하니 찬양할 때 흘려 듣던 드럼 소리가 귀에 잘 들어왔다. 멋지게 연주를 해내는 드럼 연주자를 보며 나도 언젠가 드럼으로 찬양 반주를 하고 싶다는 바람이 생겨 드럼 배우기를 행동으로 옮겼다.

기본 박 연습은 지루했다. 하루 빨리 곡을 배워 멋지게 반주를 하고 싶었지만, 기본기가 중요하기에 메트로놈 소리에 맞춰 쉬운 리듬부터 연습했다. 하지만 실력을 빨리 키워 연주에 임하고 싶은 내 마음과는 다르게 실력은 늘지 않았다. 드디어 쉬운 리듬에서 빠른 리듬으로 속도를 높이게 됐지만, 박자에 맞게 손동작이 따라가는 게 쉽지 않았다. 드럼 연주 역시 그저 열심히 하는 것만으로 달성되는 일이 아니었다.

센스 있는 드럼 연주는 곡에 어울리는 기본 박을 사용하면서도 중간에 적당히 변화를 주고, 후렴구에 클라이맥스를 넣으며 특히 마무리를 잘하는 것이다. 어디에서 어떤 리듬을 사용할지, 어디서 어떻게 포인트를 줄지는 전적으로 연주자에게 달렸다. 정답이 있는 게 아니기에 음악적 감각을 키우며 반주를 변주해 나가고, 자신만의 색깔 있는 연주를 할 수 있어야 한다. 호기롭게 시작했지만, 실력 있는 드럼 연주자가 되는 길은 요원해 보였다.

그럼에도 포기할 수 없었다. 나는 그저 드럼이 좋아서 취미로 북을 두드리는 것이 아니고 반주를 하겠다는 명확한 목표가 있었기 때문이다. 1년을 꾸준히 배우고 연습하던 어느 날, 나에게 기회가 왔다. 약속된 드럼 연주자가 오지 못하게 되었다며 나에게 드럼 연주를 해 보겠느냐는 제안이 온 것이다. 갑작스러운 일이었기에 많이 떨렸지만, 좋은 기회인 것 같아 제안을 수락했다. 곡을 빠르게 분석한 후 기본을 지키면서 무사히 반주를 끝냈다.

사실 그때는 드럼 초보였기에 연주를 하는 것 자체가 큰 목표였지만, 지금은 제대로 된 실력을 갖춰 정식 드럼 반주자가 되겠다는 목표를 가지고 드럼 연습을 한다. 반주를 하겠다는 목표를 달성한 후 전문적인 드럼 연주자가 되겠다는, 목표 너머의 목표가 생긴 것이다.

그 후로 드럼을 대하는 태도와 드럼 연주를 보는 나의 시선이 달라졌다. 드럼 연주자를 전보다 유심히 관찰하고, 음악을 들을 때도 드럼 소리에 더욱 집중한다. 나에게 드럼 소리는 음악에 깔려 '당연히 들리는 소리'가 아니라 음악을 들을 때 '제대로 들어야 하는 소리'다. 드럼을 통해 보는 눈과 듣는 귀가 예리하게 바뀌니 자연스럽게 음악을 분석하고 이해하는 감각도 생겼다.

지나가는 취미로 머물 뻔했지만, 프로까지 바라보고 있는 나의 드럼 성장기처럼 독서에도 명확한 목표 의식이 필요하다. 취미 독서에서 시작하더라도 완전 독서로 완성되어야 애서가에서 독서의 프로가 될 수 있다.

꼭 이루어야 할 목표를 인식하면서 읽는 독서는 시간이 나거나 머리를 식히려고 읽는 독서와 판이하게 다르다. 내가 책을 본격적으로 책을 읽을 수 있었던 것은 작가가 되겠다는 바람이 있었기 때문이다. 또한 3단계의 실용 독서를 습관화하며 완전 독서를 체계화할 수 있었던 것은 나의 경험과 깨달음을 바탕으로 책을 써서 그 경험을 공유하고 싶었기 때문이다. 비록 나는 많은 시간과 많은 에너지를 소모했지만, 이 책을 읽는 사람들의 소중한 시간과 에너지를 아껴 주고 싶었다. 진정한 인생의 주체가 되고, 삶을 업그레이드해 주는 완전 독서를 널리 알리고 싶었다.

'막연한 작가의 꿈'을 꾸며 3년 동안 1000권을 책을 그저 '열심히' 읽었던 나를 기억할 것이다. 하지만 독서의 배신은 나에게 효율성과 생산성이라는 가치를 생각하게 했고, 결국 이 과정은 나만의 스토리와 메시지가 담긴 책을 쓰겠다는 구체적인 목표로 연결되었다. 결과적으로 읽고, 기록하고, 실천하는 3단계 실용 독서로 책을 '제대로' 읽었기에 독서 노트라는 형태로 읽어온 책의 핵심과 정수를 남길 수 있었다. 인생 책으로 완전히 소화하며 끊임없이 반복해서 체화했기에 완전 독서라는 개념을 정립할 수 있었다. 읽고, 쓰고, 실천이 매일 거듭돼 만들어진 습관과 반복된 일상이 책 쓰기의 기초 체력이 되었다. 그 결과 이 책을 끝까지 완성할 수 있었다.

그저 인생의 과업을 따르며 열심히만 해 오던 평범한 내가 안정적인 현재에 머무르지 않고 책 쓰기에 도전할 수 있었던 이유는 '나만의 책을 쓰겠다는 목표'를 갖고 '제대로' 읽었기 때문이다. 완전 독서를 실천하고 완성해 나갈수록 '저자'라는 자아실현에 가까워지는 나를 발견할 수 있었다.

책을 그저 열심히 읽는 것과 나만의 책을 쓰겠다는 목표로 제대로 읽는 것은 아예 시작과 끝이 다르다.

첫째, '관점'이 달라진다.

책 쓰기를 목표로 책을 읽으면 책을 보는 '관점'이 달라진다.

책이 '지식 전달자'에서 '책 쓰기 도구'로 바뀐다. 책을 읽지 않고는 책을 쓸 수 없기에 저자에게 책은 꼭 필요한 존재다. 책에서 영감을 받고 아이디어를 얻기 때문이다.

또한, 나라면 어떻게 썼을지 생각하게 되고, 출판사 입장에서 이 책을 어떻게 생각할지, 독자들이 이 내용을 어떻게 받아들일지까지 다각도로 생각하게 된다. 독자로서 저자와 책 내용만 생각하던 '평면적 관계'에서, 읽는 나와 쓰는 나, 출판사와 저자 및 독자를 동시에 생각하는 '입체적 관계'로 시야가 확장되는 것이다.

둘째, '태도'가 달라진다.

책 쓰기를 목표로 책을 읽으면 책을 보는 '태도'가 달라진다. 내가 지금 읽는 책이 앞으로 내가 써 나갈 책에 도움이 될 것이라고 생각하면 한 문장도 허투루 읽을 수 없다.

사이토 다카시는 《글 잘 쓰는 독종이 살아남는다》에서 이렇게 말했다.

"밑줄 긋기보다 더 좋은 것은 옮겨 적는 것이다. 한번 써 보면 더 오래도록 기억할 수 있다. 에너지를 사용한 만큼 흡수력이 높아진다. 그러므로 정말 중요한 것은 한번 써 보는 것이 효과적이다. 이처럼 쓸 것을 전제로 읽으면 어디를 어떻게 인용할지에 대해 검증하고 읽게 되므로 흡수도가 높아진다."

즉, 나만의 책을 쓰겠다는 목표를 가지고 책을 읽으면 자연스럽게 기록이나 필사를 하게 되고, 인용 여부를 생각하며 더 몰입해서 읽게 된다.

셋째, '전문가'가 된다.

책 쓰기를 목표로 책을 읽으면 내 관심 분야에 관해 '전문가'가 된다. 어떤 책을 쓸지 방향을 잡고 책을 읽기에, 관련 분야의 책을 여러 권 섭렵해서 읽고 깊게 연구하게 된다. 서로 다른 저자의 생각을 비교하고, 그 과정에서 나만의 생각을 세운다. 다양한 분야를 두루두루 섭렵하는 독서에서 나아가 한 분야를 깊이 파고드는 독서까지 하게 되는 것이다.

넷째, '분석력'이 생긴다.

책 쓰기를 목표로 책을 읽으면 책의 구성과 내용에 대한 '분석력'이 생긴다. 책 표지부터 저자 소개, 목차 등 기획 과정이나 전체의 핵심을 파악하고, 문장 하나, 단어 하나도 예리한 눈으로 보게 된다. 이러한 분석력은 일상 곳곳에도 적용된다. 책을 쓰게 되니 책에서 종종 발견되는 오타가 더 잘 보이기도 하고, 좋은 문구나 인상 깊은 글귀가 있으면 수집하게 된다. 영감이 떠오르면 꼬리 물기처럼 생각이 더해지는 습관도 생겼다. 저자의 안목과 통찰력이 생긴 것이다.

다섯째, 읽고, 쓰고, 실천하는 3단계 실용 독서가 습관화된다.

이 3단계를 꾸준히 지속하는 것은 사실 쉽지 않다. 하지만 나만의 책을 쓰는 것이 최종 목표가 되면 자연스럽게 꾸준히 할 수 있다. 책을 쓰는 과정에서 읽고, 쓰고, 실천하는 3단계 실용 독서가 바탕이자 지름길이 되기 때문이다. 내 글을 쓰려면 그에 응당한 스토리나 자료가 있어야 한다.

독서 노트만 살펴봐도 내가 걸어온 삶의 방향이나 성장의 흐름이 보인다. 읽어 온 책이 곧 나이기에 나와 내 인생을 성찰할 수 있고, 이는 곧 책의 주제를 정하고 원고를 쓸 수 있는 글감으로 전환된다.

지금은 평범한 개인도 자신만의 글이나 영상으로 자신만의 콘텐츠를 양산해 내는 시대다. 정보를 접하고 받아들이는 '인풋'으로만 머무르는 것이 아니라 그 정보를 바탕으로 새로운 뭔가를 '아웃풋' 해야 하는 것이다. 그래서 독서의 방향도 글쓰기로 확장되고 있다. '읽기'와 '쓰기'에 대해 《독서노트》의 공병호 박사는 다음과 같이 말했다.

"읽기와 쓰기는 병행되어야 한다. 만일 쓰지 않고 읽기만 한다면 읽는 일도 시간이 가면서 자연히 시들해지게 된다. 그렇다고 해서 쓰기만 계속할 수도 없다. 왜냐하면, 쓰기란 '거인의 어깨 위에 올라서는 일'에 가깝기 때문이다. 누구나 읽기와 쓰기를 함께 하면서 삶의 자취와 향기를 남길 수 있다."

'읽기'와 '쓰기'는 일종의 순환 관계다. 책을 읽기만 하는 것은 음식을 먹기만 하는 것과 같다. 내보낼 줄도 알아야 한다. 책으로 받은 영양분을 내 속에서 소화한 다음 나만의 책을 써서 밖으로 내보낼 수 있어야 한다.

다시 한번 말하지만 '언젠가는 나도 책 한 권 써야지', '3년 안에 1000권 읽으면 뭐라도 바뀌겠지?'라는 막연한 바람으로 읽으면 보기 좋게 독서의 배신을 당한다. 하지만 '3년 안에 나만의 책을 쓰자'라는 비전을 세우고, 읽고, 쓰고, 실천하는 3단계 실용 독서를 습관화해 완전 독서를 달성하면 '나만의 책'이라는 독서의 선물을 받는다.

독서의 완성은 실천이며 궁극의 실천은 '책 쓰기'다. 나만의 책을 쓰겠다는 목표로 절실하게 읽자. 책 쓰기라는 자아실현은 내 완전 독서의 결승점이자 나의 존재를 증명하는 일이었다. 세상에서 가장 아름다운 배출을 하자. 내가 쓴 책이 누군가에게 귀한 자양분이 될 수 있다는 믿음으로.

Chapter 5

삶을 바꾸는 300퍼센트 독서를 실천하라

01

하마터면 또 열심히 책만 읽을 뻔했다

나는 1월생이라 일곱 살에 학교에 입학했다. 나이가 어리기도 했지만 이해력이 부족해서 저학년 시절에는 성적표에 '양'이나 '가'가 심심찮게 나왔다. 한마디로 부진아였다. 다행히 고학년이 되면서 성적이 오르기 시작했다.

중학생이 돼서는 철저한 입시 체제에 맞춰 본격적으로 공부했다. 시험 보는 날에 엄마가 일찍 깨워주지 않았다고 울 정도로 욕심이 많았다. 당시 학교에서는 매월 월말고사 성적을 전교 100등까지 복도 칠판에 게시했는데, 이 게시물을 무려 한 달간 걸어 두었다. 이 시스템은 나에게 강한 자극이 되었다. 조금이라도 내 이름을 앞에 두고 싶어 열심히 공부했다.

고등학생 때는 언어와 수리가 발목을 잡아 수능에서 고득점을 받기 어려웠다. 언어 영역에서는 지문 이해력이, 수리 영역에서는 응용력이 부족했다. 다행히 내신만큼은 단순 암기가 통했다. 국어는 수업 시간에는 들은 모든 내용을 적어서 달달 외웠고, 수학은 교과서에 나온 문제를 반복해서 풀면서 풀이 방법을 익혔다. 수능과 내신 석차가 좀 다르지만, 내신으로는 문과에서 전교 2등으로 졸업했다.

초등학교, 중학교, 고등학교까지 시작은 부족했지만 모두 시간이 지나면서 성적이 향상되었다. 이 반복된 패턴 덕분에 나는 내가 '대기만성형'이라는 생각을 했다. '열심히'만 하면 어느 정도 내가 원하는 결과에 도달할 수 있다는 믿음도 있었다.

하지만 무슨 일이든 열심히만 하면 된다는 생각은 딱 학창 시절까지가 유효기간이었다. 어른이 돼 세상에 나와 보니 무조건 열심히 하는 나의 정공법이 통하지 않는 일들이 많았다. 사회생활도 그렇고, 인간관계도 그랬으며, 결혼 생활도 그랬다. 하지만 그중 내가 무척이나 좋아했던 독서에 당한 배신은 다른 어느 것보다 충격이 컸다.

지금은 독서의 배신이 나에게 변형된 축복이 되었지만, 내 독서법이 잘못되었음을 깨닫지 못하고, '3년에 1000권으로는 부족한가?'라는 생각에 1만 권까지 갔다면…….

생각만 해도 아찔하다. 등골이 서늘해지는 기분이다.

그저 읽기 위한 독서를 하는 것을 경계해야 한다. 우왕좌왕 읽은 여러 권의 책보다 제대로 읽은 한 권이 훨씬 힘이 세고 오래 간다. 열심히, 많이, 빠르게 읽는 게 아니라 제대로, 인생 책을, 읽고, 쓰고, 실천하는 3단계로 읽어야 한다.

책 읽기는 속도보다 '방향'이 중요하다. 잘못된 방향으로 접어들면 아무리 열심히 노력해도 의미 있는 결과로 이어지지 않는다. 중도 포기를 하거나 지속하기 어렵다. 내가 바이올린 연습과 수학 공부를 열심히 했지만, 좋은 성과를 거두지 못했듯이 말이다. 바이올린은 잘못된 자세와 방법을 반복했고, 수학은 나에 대한 성찰이나 공부 방법에 대한 전략 없이 오랜 시간 붙잡고만 있었다. 이처럼 독서든, 악기 연습이든, 배움이든 올바른 방향과 제대로 된 방법이 전제되지 않으면 유한한 시간과 소중한 에너지를 '열심히' 소비하게 된다.

톨스토이는 "많은 책을 읽는 것보다 좋은 저자의 책을 골라 읽어야 한다"라고 말했다. 내가 생각하는 좋은 저자는 나와 주파수가 맞는 저자다. 내가 생각하는 좋은 책의 정의는 다른 누구도 아닌 나에게 맞는 책이다. 내가 읽을 책은 다른 사람의 기준이 아니라 반드시 나의 기준으로 골라야 한다. 내가 충분히 이해할 수 있어야 하고, 현재 나의 상황에 적절하거나 필요할 만한 책이어야 한다. 그래야 열린 마음으로 읽을 수 있고, 끝까지 읽을 수 있다. 영어 심화연수에서 읽기(Reading)를 가르치는 원어민 선생 D의 첫 수업 시간이었다. D는 교실 뒤편 책장에서 책을 한 권씩 골라오라고 했다. 책장에는 영어로 된 책만 있어서 책을 고르면서도 이 책을 내가 이해할 수 있을지 가늠할 수 없었다. 그런데, 이게 무슨 일? D는 책을 몇 권 가져오더니 "책을 보다가 지루하면 던져 버리세요"라고 말하며 책을 등 뒤로 휙 던져 버리는 게 아닌가. 그 모습이 무척 놀라우면서도 얼마나 통쾌하던지. D의 파격적인 행동은 나에게 신선한 깨달음을 주었다. 이처럼 나에게 맞지 않는 책은 억지로 읽을 필요가 없다. 억지로 먹는 음식에 체하거나 배탈이 날 수 있는 것처럼 책 역시 억지로 애써서 읽으면 독이 될 수 있다.

나는 한번 펼친 책은 힘들어도 포기하지 않고 끝까지 읽어야만 한다고 생각했다. 교사로 아이들을 가르칠 때도 책을 열심히 끝까지 읽으라고만 했지, 읽다가 막히거나 나와 맞지 않는 책은 멈추거나 끝까지 완독하지 않아도 된다는 말은 하지 않았다. 하지만 원어민 D가 보여준 행동은 내가 가진 고정관념과 불필요한 집착을 단박에 깨주었다.

D가 던진 책은 읽으려고 애써야 하는 '읽은 책'이다. 반면 책장이 술술 넘어가고 시간이 가는지도 모르게 읽는 책은 '읽힌 책'이다. 나에게 맞는 책이란 바로 '읽은 책'이 아니라 '읽힌 책'을 말한다. 쉽게 읽히고 몰입되면서도 마음에 와닿고 나와 연결점이 있는 책이다.

나는 지금도 책을 볼 때마다 내가 애써서 책을 읽는지, 책이 나에게 읽히는지를 매 순간 의식한다. 즉, '읽은 책'과 '읽힌 책'

을 구분한다. 세상은 넓고 읽을 책은 많다. 읽히는 책만 골라 읽어도 인생은 짧고 시간은 유한하다. 힘이 잔뜩 들어간 책 읽기를 하다 보면 언젠가 지치는 순간이 온다. 독서가 꾸준히 지속될 수 없다.

제대로 읽을 줄도 모르고, 무작정 열심히만 읽던 과거의 나는 더 이상 존재하지 않는다. 나는 예전처럼 책에 끌려 다니지 않는다. 내가 책을 이끌어 간다. 이미 구매한 책이라서 아깝다고 공들여 읽거나, 주변에 많은 사람들이 거의 읽었다고 해서 반드시 읽지 않는다. 나에게 맞는 책을 신중하게 고르고, 애쓰지 않고 즐기는 마음으로 읽으며, 읽고, 기록하고, 실천해 내 것으로 만들고 싶은지 여부를 꼼꼼하게 따진다.

특별한 목적이 있지 않는 이상 여러 권의 책을 동시다발적으로 읽으며 다독에 집착하지 않는다. 한 권의 책을 삼독 이상 반복해서 읽으며 내 인생의 자산이자 보물인 인생 책의 목록을 채워 나간다. '양'보다 '질'을 따지는 내공 있는 독서를 해야 한다. 열 권을 두루뭉술하게 읽는 것보다 한 권을 읽더라도 '반복해서 참고할 기록'과 '실천으로 인한 변화'를 남길 수 있어야 진짜 독서다.

'나는 지금까지 몇 권 읽었다'라고 자랑하던 사람에서 '내 인생 책은 이거야', '나는 책을 읽고 이런 도전까지 하게 됐어'라고 말할 수 있는 사람이 되었다. 제대로 읽어 지식과 경험과 깨달음을 책에 남기는 사람이 되었다.

하마터면 또 열심히 책만 읽을 뻔했던 나는 완전 독서 덕분에 더 단단하고 강해졌다. 주체적인 사람이 되었고, 멈추지 않고 도전하는 사람이 되었다. 예전에는 상상조차 하지 못한 가슴 뛰는 미래를 그려 나가고 있으며, 내일이 기대되는 삶을 살고 있다.

열심히 읽지 말자, 제대로 읽자. 지금까지 여러 번 말해 왔지만 계속 강조해도 지나치지 않다. 소중한 당신의 독서는 달라야 한다. 지금 바로 이 순간부터 당신의 독서가 달라질 수 있기를.

02

배신하지 않는 진짜 독서를 하라

고등학교 3학년, 힘든 수험 생활을 버틸 수 있었던 건 이 관문만 통과하면 행복이 시작될 것이라는 희망이 있었기 때문이었다. 대학만 가면 뭐든 하고 싶은 거 다 하라는 엄마의 말을 철석같이 믿었다. 수능만 끝나면 고단한 하루하루가 막을 내리고, 자유로운 장밋빛 인생이 펼쳐지리라 기대했다.

학습지 표지에 나와 있는 대학교 사진을 보며 캠퍼스의 낭만을 꿈꿨다. 잔디밭에 앉아서 햇살을 즐기는 모습, 두꺼운 책을 품에 안고 캠퍼스를 누비는 모습, 학과 친구들과 소문난 대학로 맛집에서 깔깔대며 수다 떠는 모습 등이 수능이 끝나면 곧 나의 일상이 될 것이라고 기대했다.

하지만 대학에 입학하는 순간부터 반전이 시작됐다. 내가 선택한 교대는 또 하나의 고등학교였다. 여전히 자율성이 없었고, 끝없는 경쟁만 있었다. 친구들도 대부분 고등학교 때 열심히 공부만 해 오던 모범생이자 우등생들이라 웬만큼 해서는 상대평가에서 좋은 성적을 거둘 수 없었다. 미치고 팔짝 뛸 노릇이었다. 장소와 주변 사람만 달라졌을 뿐, 성냥갑 같던 고등학교로 다시 돌아간 기분이었다. 갑갑하고 답답했다.

공주교대 교정에는 내가 꿈꾸던 드넓은 잔디밭도, 놀랄 만큼 멋진 건물도, 친구들과 즐겁게 걸어 다닐, 그렇다 할 대학로도 없었다. 원서를 쓰러 가던 날이 처음으로 대학교를 가 본 날이었는데, 원서를 접수하던 어두컴컴하고 낡은 도서관의 모습에 크게 실망했던 기억이 난다.

고등학교의 연장선 같은 경쟁 분위기와 매력 없는 주변 환경 외에 반전은 또 있었다. 무조건 통과해야 하는 미술과 체육 수업이 나를 벼랑 끝까지 몰고 간 것이다. 늦은 밤까지 사군자를 그리느라 수면 부족에 시달렸다. 앞구르기, 뜀틀 넘기 등 체육 실기 연습을 하느라 등에 담이 오기도 했다. 대학교 1학년 때 유난히 등이 많이 아팠는데, 체육 실기를 연습하고 나서는 숨을 쉴 수 없을 정도로 통증에 시달렸다. 캠퍼스의 낭만은 고사하고 예상치 못한 힘든 대학 생활에 나는 매일 지쳐 가고 있었다.

대학교 4학년이 되어서는 고3 못지않게 강도 높은 수험 생활을 보내야 했다. 다행히 임용고시에 합격해 3월에 발령을 받았지만, 이 또한 끝이 아니라 또 다른 시작이었다. 사람들은 내게 졸업하자마자 취직해서 좋겠다고 했다. 안정적인 직업을 가졌다고 부러워했다. 물론 나도 임용고시 합격 당시엔 합격 그 자체로 행복했다. 어려서 학교 공부도 제대로 따라가지 못하던 내가 부모님과 할머니에게 큰 기쁨이 되었고, 졸업과 동시에 발령까지 받았으니 다행이고 감사한 일이었다.

그러나 문제는 그게 끝이 아니라는 사실이다. 대입과 취업도 통과했으니 마음 편히 살 일만 남았다고 생각했다. 하지만 학교 현장에서 또 다른 고비가 기다리고 있었는데, 사회생활은 지금껏 해 온 '열심히 정신'과 '최대한 버티기'가 통하지 않는다는 것이었다.

크게 속았다는 기분이 들었다. 계속 달려서 결승점에 도착했는데, 아무런 보상이 없는 것 같은 허무한 기분이었다. 하지만 내가 인생에서 만난 가장 강력한 반전은, 예상치 못한 반전으로 허를 찌르는 영화처럼 생각지도 못한 곳에 있었다. 그것은 바로 내가 좋아하다 못해 사랑해 마지않은 '책'이라는 존재, 즉 독서였다.

진정한 독서의 재미와 읽히는 책의 맛을 안 다음부터 기회가 되는 대로 책과 함께했다. 책이 가장 중요한 우선순위는 아니었지만 시간이 나면 찾는 나의 취미이자 특기이자 일상이었다. 하지만 시간을 내는 게 아니라 시간이 나서 읽는 취미 독서는 책을 읽는 즐거움과 여유는 주었지만, 내가 원하는 방향으로 나를 성장시킬 수는 없었다. 인생을 바꾸고 싶다면 독서에 임하는 자세를 '취미 이상'으로 올려야 했다.

독서를 독서로만 머물게 하는 것이 아니라 내 삶과 접목시켜야 했다. "사람은 책을 만들고 책은 사람을 만든다"는 교보문고 창업주 대산 신용호 선생의 말처럼 책이 곧 내가 되고, 인생이 되어야 했다. 취미 독서는 삶을 바꾸기에 한계가 있었다.

진짜 독서는 책을 온전히 내 것으로 소화하고 체화해 남기는 독서, 즉 '완전 독서'다. 읽고, 쓰고, 실천하는 3단계 실용 독서법이 완전 독서로 향하는 체계적인 과정이다.

3년간 앞만 보고 달리는 독서를 할 때는 오직 다독만이 목표였다. 제대로 읽는 것이 어떤 것인지도 모른 채 그저 미련하게 열심히 책을 읽었다. 아니, 책을 읽은 게 아니라 책에 있는 글을 읽어 내려갔다는 표현이 정확하겠다.

책의 내용을 소화하면서 제대로 읽지 않으면 읽지 않은 것과 같다. 무분별한 다독보다 한 권의 책을 읽고 하나의 실천 사항을 취하는 것이 훨씬 효과적이며 효율적이다. 독서는 다독보다 실천이 핵심이며, 동시에 많은 책을 읽거나 빠르게 읽는 것보다 반복해서 제대로 읽는 것에 집중해야 한다. 한 번 읽고 마는 여러 권의 책보다 세 번 읽기인 삼독 독서로 탄탄한 독서 내공을 쌓는 것이 중요하다.

꾸준히 실천하면서, 그 실천을 유지할 수 있는 방법은 내가 할 수 있는 일부터 작게 시작하는 것이다. 일단 하기로 결심한 일은 복잡하게 생각하지 말고, 나중에가 아니라 지금 바로 실천해야 한다. '저스트두잇!'을 외치면서 말이다. 또한 실천 사항을 적어 눈에 띄는 곳에 포스트잇으로 붙여 놓고, 실행 여부를 수시로 점검해야 한다. 그래야 실천이 습관으로 이어져 삶이 바뀌는 완전 독서가 완성된다.

사람에게 배신당한 적이 있다. 나에게 처음으로 배신감을 안겨준 사람은 처음 사귄 남자였다. 연애의 시작과 끝은 그 사람이 결정했고, 나는 주도권 없이 따라만 다녔다. 믿었던 사람과의 관계가 갑자기 한순간에 단절되고 나니 무척이나 혼란스러웠다. 현실을 받아들이기 힘들었다.

불현듯 학창시절에 읽은 헤르만 헤세의 소설 《데미안》이 생각났다. 알을 깨고 나온다는 것이 어떤 느낌인지 알 것 같았다. 틀 안에만 갇혀서 내가 생각하는 대로 흘러갈 줄 알았던 내 인생이 전혀 다른 국면을 맞이하자 그동안 생각지도 못한 새로운 세상을 만난 기분이었다. 생각지도 못한 이별은 큰 아픔을 주었지만, 그 아픔 덕분에 나는 성장했다. 물론 그 다음부터의 연애는 좀 더 주체적이고 현명해졌다.

독서의 배신도 그러하다. 비록 많은 시간과 에너지가 투여된 뼈저린 배신이었지만, 그래서 나는 완전 독서라는 새로운 삶의 방식을 만났다. 더 이상 배신당하지 않고자 나만의 전략을 세우고, 다른 선택과 새로운 시도를 했다. 그 과정에서 나는 단단해졌고 명확해졌다.

완전 독서로 나는 다시 태어났다. 이제 다시는 책에 휘둘리지도, 끌려 다니지도 않는다. 배신하지 않는 진짜 독서를 하자. 나는 비록 오랜 시간 돌아왔지만, 당신은 그런 시행착오를 겪지 않길 바란다. 당신의 완전 독서를 뜨겁게 응원한다.

03

목적 있는 책 읽기로 인생을 바꿔라

나는 그림을 좋아한다. 기회가 되는 대로 미술관도 다니고, 미술 작품을 소개하는 책, 어린이용 그림책, 삽화가 들어간 책 등 그림이 있는 책을 즐겨 본다. 도서관에서 책을 다섯 권 빌리면 한두 권은 꼭 그림이 있는 책이다. 그림은 사람을 끌어당기는 매력이 있다.

그림책을 보다가 문득 '나도 한 번 그림을 그려볼까?'라는 생각을 했다. 나는 미술에 관련된 공부를 해본 적도 없고, 그림에 특별한 재능이 있는 것 같지도 않다. 초등학교 고학년 시절에는 미술 시간이 즐겁지도 않았다. 그런 내가 그림책에 흥미를 가지고, 그에 관련된 독서를 하다가 자발적으로 그림을 그리기 시작했다.

하지만 언제나 그렇듯 막상 좋아서 시작해도 금방 지루해지는 시점이 온다. 그림 그리기는 약 두 달간의 여정을 끝으로 막을 내리고 말았다.

수신지 작가의 《3그램》이라는 책을 감명 깊게 읽었다. 저자는 미술을 전공한 사람으로 20대에 자궁암을 겪은 자신의 경험담을 그림책으로 담아냈다. 이 책에 그림이 없었다면 암을 겪어 보지 않은 내가 작가의 마음에 공감하며 재미있게 읽기 어려웠을 것이다.

그림은 수신지 작가의 삶에 더 가까이 다가갈 수 있는 다리가 되어 주었다. 글의 힘을 느낀 적은 많지만, 그림의 힘도 새삼 크다는 것을 느꼈다. 이 책 덕분에 나는 내가 쓴 책에 내가 그린 그림을 넣으면 좋겠다는 새로운 꿈이 생겼다.

두 달을 채 가지 못했던 나의 그리기 여정은 좋은 그림책을 만나 다시 시작되었다. 가벼운 취미로 시작한 예전과 달리 나의 글과 그림이 담긴 책을 세상에 내놓겠다는 목적이 생기니 그림을 그리자는 열정이 불타올랐다. 원격으로 강의를 찾아서 듣고, 펜 드로잉, 색연필 드로잉, 수채화 드로잉 등 분야별로 도전하며 체계적으로 배웠다.

글과 그림에 '김은'이라는 저자명이 함께 적힌다는 것은 상상만으로도 가슴이 벅찬 일이다. 이 상상은 나를 글만 쓰는 사람이 아니라 그림에 대한 잠재력도 키워서 또 하나의 가능성 있는 사람으로 만들 수 있겠다는 생각으로 연결되었다.

글 역시 그림과 같이 그 분야에 관련된 공부를 한 적도 없고, 글쓰기에 특화된 재능이 있는 것도 아니었다. 그저 관문 넘듯 열심히 애쓰고 버티는 삶에 이골이 났었고, 다르게 살고 싶다는 열망이 있었다. 안정적인 삶이었지만 언제나 내 마음속에는 왠지 모를 결핍이 존재했고, 스스로 이끌어 가는 주체적인 삶에 대한 갈증이 있었다.

이렇게 복합적인 마음과 감정을 가지고 있던 나는 '3년 동안 1000권을 읽는 목표를 달성하면 글을 쓰는 작가가 될 수 있다'는 문구에 순식간에 매료되었다. 취미 독서에 머물러 있던 나는 그때부터 열심히 책을 읽어 나갔다. 하지만 그저 읽기 위한 읽기, 다독을 위한 읽기, 목표달성에만 급급하던 읽기는 책을 읽어 내야만 한다는 강박과 부담감으로 쌓이고 있었다.

끝끝내 목표를 달성했지만, 3년 동안 모든 시간과 에너지를 독서에 쏟은 나에게는 놀라우리만큼 아무 일도 일어나지 않았다. 대학을 가면 자유로워지고, 임용시험을 통과하면 고생길이 끝난다는 희망이 산산이 부서져 버린 것처럼 나는 또 한 번 크게 절망했다.

열심히 살던 내 인생에 종지부를 찍기로 했다. 무조건 열심히가 아니라 삶의 방향에 맞게 제대로 살기로 결심했다. 그렇게 나는 열심히가 아닌 제대로의 독서를 실천했고, 결국 그때부터 조금씩 내가 바뀌고 인생이 바뀌는 것을 느꼈다. 읽고, 쓰고, 실천하는 완전 독서의 삶으로 나아간 결과 나는 진정한 내 인생의 주인공이 될 수 있었고, 행동하는 사람이돼 책을 쓰는 작가가 되겠다는 꿈을 이루었다.

정해진 시간 안에 권수를 달성하는 목표에 매몰된 독서가 아니라 나와 내 삶을 바꾸는 독서를 하려면 어떤 방향과 목적성을 가져야 할까, 라는 심도 깊은 고민과 구체적인 행동 전략이 필요했다. 이렇듯 명확한 목적으로 시작하는 일만이 무언가를 바꾸고 변화시킬 수 있다.

목적 있는 책 읽기를 하면 인생이 달라진다. 책을 쓰겠다는 목적으로 완전 독서를 실천해 온 나는 책을 읽기만 하던 사람에서 책을 쓰는 사람으로 진화하고 발전했다. 책 읽기와 책 쓰기를 병행하다 보니 많은 것들이 달라졌다.

먼저 생각이 체계적으로 변하고 탐구하게 되었다. '책 쓰기'는 일반적인 글쓰기와 다르다. 책을 쓰려면 나만의 생각을 구조화해 이를 알기 쉽게 표현해야 한다. 나는 책을 쓰기 시작하면서 체계적으로 생각하는 습관이 생겼다. 세상의 모든 것이 탐구 대상이 되었다. 일상에서 평범하게 일어나는 일도 그냥 지나치지 않게 되었다. 사물과 상황을 바라보는 시야가 넓어지고 다양해졌음을 느낀다.

또한 시간을 좀 더 효율적으로 쓰게 되었다. 교사로 일을 하고 임신을 한 상태에서 책까지 쓴다는 것은 보통 어려운 일이 아니다. 일단 책 쓰기는 시간이 많이 든다. 게다가 엄청난 몰입이 필요하다. 한정된 시간 안에서 책을 쓰다 보니 시간 대비 최대의 효과를 거두기 위한 나만의 전략과 노하우가 생겼다. 나에게 맞는 시간과 방법을 정해서 효율을 높였다.

지금이 아니면 안 된다는 생각으로 모든 일에 임했다. 완전 독서로 장착된 집중력과 행동력이 책 쓰기까지 이어졌음을 느꼈다. 읽고, 쓰고, 실천하기를 무수히 반복해 온 일상이 책 쓰는 삶을 사는 데 유용한 기초 체력이 된 것이다.

가장 놀라운 변화는 마음껏 꿈꿀 수 있게 된 것이다. 교사로 머무는 것이 아니라 책을 쓰는 저자로의 인생으로 시야가 확장되자 나는 구체적으로 미래 계획을 세우는 사람이 되었다. 예전에는 현실 가능성이 있거나 정확한 일에만 매진하는 삶이었다면, 지금은 내가 꿈꾸고 상상한 일들이 현실과 미래가 될 수 있다는 믿음과 확신이 생겼다.

과거의 나는 현재를 열심히 참고 버티는 데 특화된 사람이었다. 하지만 지금은 내일이 기대되는 오늘을 산다. 무조건 참고 버티는 게 아니라 가슴이 움직이는 일을 찾아서 하고, 그저 열심히 하는 것이 아니라 어떻게 하면 지속 가능성 있게 할 수 있을까를 먼저 고민한다. 노력하고 버티면 보상처럼 받게 되는 어떤 것을 기대하는 희망이 아니다. 내가 목적을 가지고 신념으로 임하면 그 일을 성장시키고 완성시킬 수 있다는 자기 확신이다.

이 글을 쓰고 있는 시점에 나는 임신 9개월이었다. 가만히 앉아 있거나 누워 있어도 숨이 차다. 임신 후에는 소화가 더 힘들어 수시로 속이 쓰리고 새벽마다 잠에서 깬다. 임산부는 잘 먹고 잘 쉬는 게 일이라더니 정말 그렇다. 기본적인 일상인 먹고 자는 일조차 쉽지 않고 힘들었다.

그럼에도 나는 책을 썼다. 등받이 의자도 책상도 없어서 2인용 식탁의 스툴에 앉아서 쓰거나 바닥에 접이식 테이블을 펴고 글을 썼다. 새벽에 잠이 깨면 한참 동안 글감을 생각하다가 곤히 자는 남편 몰래 거실로 나와 노트북을 켰다.

오래 앉아 있으면 허리가 천근만근 아파왔지만, 아이를 낳기 전에 원고를 완성해야겠다는 생각에 쉴 수가 없었다. 먹고 자는 시간을 제외하고 온종일 책 쓰기에 매진하다 보면 저녁에 밥을 먹을 기운도 없어 지쳐 쓰러지기도 했다. 뱃속 아가에게는 미안하지만 배는 더 불러올 테고, 아기가 태어나면 원고를 쓰는 작업이 더 어려워질 테니 그래도 지금이 낫다는 생각으로 출산 전까지의 매일을 고군분투했다.

초등교사라고 하면 소위 최고의 직장이라고 한다. 물론 그 생각에 동의하는 면도 있고, 충분히 존중한다. 하지만 나는 안정감에 기대 멈추고 싶지 않다. 남이 그럭저럭 괜찮다고 정한 기준대로 살고 싶지 않다. 하루하루 배우고, 성장하고, 실현하고 싶다. 새로운 세상으로 나아가 더 크게 확장되고 싶다.

나는 그저 내 이름이 새겨진 한 권을 책을 쓰는 게 평생의 꿈이라서 이 글을 쓴 게 아니다. 이 책을 시작으로 계속 책을 써 나가며 많은 사람들과 연결되고 소통하고 싶다. 나와 비슷한 결핍을 가지고 있는 사람에게는 용기와 도전 의식을 심어 주고 싶다. 나의 경험과 깨달음을 나누며 함께 성장하고 싶다.

목적 있는 책 읽기는 우리의 삶을 바꾼다. 내비게이션에 목적지를 입력하고 출발하는 것과 같다. 목적지가 분명하면 쉽고 빠르게 도착할 수 있지만, 목적지가 명확하지 않으면 많은 길을 돌며 시간을 허비하게 된다. 택시를 타기 전에 목적지를 정하듯 책을 읽기 전에도 명확한 나의 목적을 떠올리자. 내가 지금 무엇을 위해 어떤 방향으로 책을 읽고 있는지 스스로에게 물어보자.

우리에게 가장 중요한 순간은 '지금'이다. 가장 빠른 시작도 '지금'이다. 목적 있는 책 읽기가 목적을 이루는 인생의 연료가 된다. 완전 독서와 책 쓰기로 더 큰 나를 만나자.

04

깨닫는 순간이 새로운 시작이다

오래전부터 볼링을 제대로 배우고 싶었다. 분명 공을 똑바로 굴린 것 같은데 자꾸 옆길로 빠져서 볼링을 제대로 즐길 수 없었다. 내 목표는 안정적으로 100점을 넘기는 것이지만, 현실은 공이 도랑으로 빠지는 것이었다. 팀을 짜서 볼링을 할 때면 같은 팀에게도 미안할 정도로 볼링에 젬병이었다.

광주에 살 때 볼링 동호회에 들어갔다. 장비를 갖추고 입회비를 내느라 초반 지출이 컸지만 이왕 하는 김에 제대로 해보고 싶었다. 회원 중에 실력자가 꽤 많았다. 사람들은 볼링 초보인 나에게 기본 자세와 연결 동작까지 친절하게 알려주었다. 열심히 귀동냥과 피드백을 받은 결과 드디어 공이 옆으로 빠지지 않고 레일을 굴러가는 수준이 되었다.

레일 바닥에 있는 세모 모양을 보고 굴리되, 마지막 동작에서 손이 귀 옆까지 올라오도록 했다. 공이 손을 떠날 때 손목이나 손가락이 안쪽이나 바깥쪽으로 꺾이지 않게 주의했다. 내가 어떤 실수를 거듭하고 있는지 깨닫는 순간 공이 옆으로 새는 일이 줄었다. 점수도 100점 언저리로 올라왔다. 가끔 '스트라이크'를 치기도 했다. 다른 사람에게 자세를 교정받고, 제대로 감만 잡았을 뿐인데, 볼링을 치고 있는 내가 새롭게 느껴졌다.

내가 과자나 빵을 먹을 때마다 남편은 내게 부스러기가 떨어질 수 있으니 접시를 받치고 먹으라고 했다. 나는 내가 잘 흘리지 않고 먹을 수 있다는 생각에 굳이 접시까지는 필요 없다고 했다.

그러던 어느 날, 차에서 빵을 먹다가 우연히 아래를 내려다보았는데 코트 위에 무수히 많은 빵 부스러기가 떨어져 있었다.

'아, 이래서 남편이 내가 간식을 먹을 때마다 접시를 가져왔구나.'

이제야 이 사실을 깨닫다니. 그동안 내가 숱하게 흘린 그 부스러기들은 다 어디로 갔을까?

30년 가까이 모르고 살았던 사실을 결혼하고 나서야 알게 되었다. 나는 '잘 흘리는 사람'이라는 것을. 이제 내가 알아서 접시나 쟁반을 챙기는데, 하필 나의 최애 아이스크림은 '돼지바'

다. 한 입 무는 즉시 크런키 조각이 우두두두 떨어지고, 바로 닦지 않으면 녹아서 쵸콜릿 얼룩이 지는 돼지바.

남이 보면 별 대수롭지 않은 일상일지도 모르지만, 볼링 자세를 교정 받은 일과 일명 부스러기 사건은 나에게 나름의 의미 있는 교훈을 주었다.

볼링에서 중요한 손동작 하나를 바꿨을 뿐인데 실수도 줄고, 점수가 오르며, 볼링에 젬병이었던 내가 스트라이크를 치는 기적까지 일어났다. 이 경험을 통해 기본 자세와 정확한 동작이 얼마나 중요한지, 디테일 하나를 바로 잡는 게 얼마나 중요한 일인지와 잘 모를 때는 전문가에게 피드백을 받으면 빨리 갈 수 있다는 깨달음까지 얻었다.

부스러기 사건은 내가 고정관념을 가지고 있으면 다른 사람의 말을 잘 듣지 않는다는 사실을 인지시켜 주었다. 나는 내가 잘 흘리지 않는 사람이라는 생각에 고정돼 있었기 때문에 무수히 많은 부스러기를 흘려 왔음에도 남편의 말이 들리지 않았다. 그 이후로 나는 고정된 생각을 바꿔 다시 보이는 것을 인식해 나가기 시작했고, 다른 사람이 나에게 해 주는 말이나 조언을 그 전보다 열린 마음으로 받아들일 수 있게 되었다. 내가 나를 안다고 자부하는 생각 때문에 남이 나를 보는 시선에서 얻을 수 있는 중요한 힌트를 놓치지는 않아야겠다고 생각했다.

모르고 있었던 것이건, 알고도 인식하지 못했던 것이건 깨닫는 순간 새로운 변화가 시작된다. 새로운 시선이 장착되고, 새로운 생각이 행동으로 이어진다. 새로운 결심을 하게 되고, 새로운 삶의 자세와 태도를 가지게 된다.

내가 취미 독서에서 완전 독서로 리부팅될 수 있었던 이유는 뼈아픈 시행착오 덕분에 진정한 독서가 무엇인지를 깨달았기 때문이다. 컴퓨터가 멈추거나 오류가 생기면 껐다가 다시 켜거나, 비상키를 눌러 문제를 해결하는 것처럼 나 역시 그전까지 해 오던 나의 의식과 행동을 리셋하고, 새로운 방법을 찾고, 다르게 시작해야 했다.

나는 무수히 많은 실수를 했다. 읽은 줄도 모르고 다시 빌리기도 했고, 나에게 맞지 않는 책과 나의 소중한 시간을 맞바꾸기도 했다. 한 번 읽고 충분히 다 안다고 생각하기도 했고, 읽는 것에만 집착하다가 기록과 실천으로 이어질 수 있었던 중요한 타이밍을 수도 없이 놓쳤다.

볼링에서도 기본 자세와 연결된 동작이 잘 이루어져야 공이 옆으로 빠지지 않고, 점수도 낼 수 있는데, 한 권을 제대로 읽는 기초 체력도 만들지 않은 채 그저 여러 권을 많이 읽는 데만 몰두했다. 반복해서 읽을 때 얻게 되는 독서 근육으로 탄탄한 독서 내공을 쌓을 생각은 하지 않고, 1000권의 책을 읽어 내야 한다는 강박에 수박 겉핥기 하듯 읽는 척을 했다. 그 결과 3년이란 시간을 잃었고, 지금껏 겪어 보지 못한 깊은 슬럼프에 빠지기도 했다.

이 책을 읽는 여러분 중 나처럼 정해진 길을 묵묵히 걸어온 사람, 부모님이나 선생님이 시키는 대로 하는 게 정답이라고 여기며 살아온 사람, 지지부진한 삶에 새로운 변화를 주고 싶은 사람이 있을 것이다. 직장에서 더 나아가 새로운 일로 확장되고 싶은 사람, 안정적인 삶을 살고 있지만 내면의 결핍을 느끼는 사람, 오랫동안 키워 온 꿈을 이루고자 다른 행동을 취하고 싶은 사람이 있을 것이다. 이 모든 모습의 교집합은 나다. 만약 이 중에 하나라도 해당되는 분이라면 나는 그것이 좋은 신호이자 삶의 전환점이 될 수 있다는 말을 꼭 해 주고 싶다.

현재의 삶에 만족하지 못하거나 미래가 불안하고 걱정된다는 것은 오히려 깨어 있기 때문이다. 내면의 결핍을 느낀다는 것은 그것을 채우며 성장하고 싶다는 마음의 소리가 있기 때문이다. 내 가슴을 뛰게 하는 것, 내가 진정 나로 존재함을 느끼게 하는 것, 내가 진짜로 하고 싶은 것이 무엇인지 완전 독서를 통해 찾고 알아갈 수 있길 바란다. 물론 더 나아가 나처럼 책 쓰기까지 도전할 수 있다면 더욱 좋겠다.

인생을 살면서 깨달은 진리 중 하나는 '세상에 당연한 것은 없다'라는 것이다. 부모님의 안전한 보호 아래 있었던 나는 집에 치약, 비누, 휴지 등 생필품이 있는 것이 당연하다고 생각했다. 하지만 집을 떠나 독립을 하고, 결혼 후에 내 돈을 주고 직접 생필품을 사 보니 이것은 당연한 일이 아니었다. 부모님의 보이지 않는 수고가 있었기 때문에 나는 편안하게 생활할 수 있었다.

전 세계를 일시적으로 마비시킨 코로나 19 탓에 많은 일상이 제한되고 보니 깨닫는 것들이 많다. 평범한 날의 소중함을 알게 된 것이다. 마스크 없이 자유롭게 움직이고, 누군가를 만나기 전에 설레기도 했던 평범한 일상이 그립다. 그다지 특별한 것 없었던 보통날의 일상은 당연한 것이 아니라 감사한 일이었다. 진짜 행복은 소소한 것에서 오기 때문이다.

여러분 역시 자신의 상황과 현실을 당연하게 받아들이지 않기를 바란다. 당연한 것이 당연하지 않을 수 있음을 깨닫고, 내면의 결핍을 느낀다면 새로운 시작을 해 보길 바란다.

가장 쉽고 가까운 시작은 지금 책장에 가서 한 권의 책을 고르는 것이다. 인생 책을 만나 친구이자 멘토이자 파트너로 함께하는 것이다. 책을 읽고 깨닫는 매순간이 우리를 변화시킬 수 있음을 믿으며 일단 누르자. 완전 독서라는 리부팅 키를.

05

어제의 나를 넘는 오늘의 책 읽기

결혼한 지 6개월쯤 지난 어느 토요일이었다. 토요일 수업을 마치고 남편이 있는 충주로 갔다. 버스터미널에서 만나 주차장까지 같이 걸어가는데 남편이 좀 이상했다. 차가 있는 곳으로 바로 가지 않고 자꾸 머뭇거렸다. 그러더니 낯선 차로 다가갔다.

"뭐야? 우리 차 어딨어?"

"미안해……. 나 차 샀어."

"뭐? 언제? 예전에 타던 차는? 갑자기 왜 바꿨어?"

나는 놀란 나머지 격앙된 목소리로 쉴 새 없이 질문을 쏟아냈다. 늘 타던 준중형 세단은 없고, 더 큰 중형 세단이 떡하니 나타났다. 그제야 몇 달 전쯤 남편이 차를 하이브리드로 바꾸자고 했던 일이 생각났다. 지금 하이브리드 차로 바꾸면 장기적으로 얼마나 경제적인지, 왜 지금 사야 하는지의 자료를 담은 프레젠테이션으로 나를 설득하려 했다.

나는 차 욕심도 없지만 기존의 차를 오래 탄 것도 아니었고, 당장의 큰 불편함도 없었다. 게다가 차를 살 수 있는 예산이 있는 것도 아니고 빚을 내서 사야 했기에 적극 반대했다.

나를 설득하려다 실패한 남편은 새 차를 사고 싶은 마음에 말없이 일을 저질렀다. 그것도 내 인감도장을 가져가서 내 명의로, 카드론인가 뭔가 하는 대출로…….

어이가 없어서 말이 제대로 나오지 않았다. 뒤통수를 한 방 제대로 맞은 기분이었다. 나는 결혼 전까지 사람 보는 눈이 있다고 자신했다. 드라마를 볼 때 남편이 속을 썩이거나 문제를 일으켜서 속상해하는 여주인공을 볼 때도 안타까웠지만 그저 남의 일이거니 했다. 하지만 막상 이런 상황의 주인공이 되고 보니, 문득 내 눈이 의심스러웠다. 내가 사람을 잘 보는 게 맞는 걸까, 라는 회의감까지 들었다.

돌이켜 생각해 봐도 당황스러운 사건이다. 결혼한 지 얼마 되지도 않았던 때였던 데다가 충분한 상의도 없이 남편 혼자 결정했기 때문이다. 그때는 노발대발했지만 지금은 이해가 되는 부분도 있고, 되레 고마운 부분도 있나. 그 당시보다 확장된 시야를 갖게 된 지금은 남편이 오히려 하나의 틀을 깨 주었다고 생각한다.

대출을 내는 게 꼭 과소비이거나 경제적이지 않은 선택이 아닌데, 그때의 나는 전후 상황을 따져 보지 않고 빚을 낸다는 사실 자체에 막연한 거부감을 가지고 있었다. 막상 차를 바꾸고 보니 승차감도 좋고, 공간이 넓어 훨씬 쾌적하고 편안했다. 당장은 돈을 써서 큰 소비를 한 것 같지만, 삶의 질이 높아지는 등 보이지 않은 가치가 있었다. 하이브리드 차라 유해가스 배출량을 줄여 환경에 도움이 되기도 했고, 작동 원리상 엔진 효율이 높고 연료가 절약되는 면도 있었다.

또한 남편이 가치를 두는 부분과 내가 가치를 두는 부분이 다르기에 그 가치를 있는 그대로 인정하기로 했다. 물론 비용으로는 크게 차이가 나지만, 책을 좋아하고 배우는 것을 좋아하는 내가 자기계발에 지금까지 쏟은 비용도 만만치 않을 것이다. 반면 남편은 내가 가치를 두는 쪽으로 돈을 쓰는 비중이 거의 없다.

만약 반대로 내가 가치를 두는 쪽으로의 선택을 남편이 앞뒤 상황을 살펴보거나 내가 어필하는 부분을 충분히 고려하지 않고, 자신만의 프레임을 기준으로 중요하지 않다며 반대한다면 어땠을까? 나 역시 설득해 보려고 애쓰다가 결국은 내가 원하는 대로 행동하고 결정하지 않았을까 싶다.

미국의 소설가 마크 트웨인은 "우리가 잘못된 길에 빠지는 건 뭔가를 몰라서가 아니라 안다고 확신하기 때문이다"라고 말했다.

때때로 우리는 자신만의 편협한 시선과 치우친 확신 탓에 후회되는 행동을 하거나 감정적으로 행동해 중요한 일을 그르치기도 한다. 자신만의 프레임에 갇힌 줄도 모르고, 모든 사람이 그럴 것이라는 착각에 빠져 주변 사람을 힘들게 하거나 스스로를 괴롭히기도 한다.

살면서 내가 알고 있는 지식과 경험이 모두 옳거나 전부가 아닐 수 있음을 인정해야 될 때는 반드시 온다. 때로는 그동안 고수했던 의식의 틀을 깨고, 시야를 넓혀야 하는 순간이 있다. 그래야 상황을 다각도로 바라보는 힘을 키우고, 나와 세상, 나와 타인과의 간극을 좁힐 수 있다. 누군가를 더 잘 이해하고, 보듬을 수 있는 소통의 폭을 넓힐 수 있다. 어제의 나를 넘어 새로운 오늘을 맞이할 수 있다.

물리학자 정재승 씨는 '세상과 의미 있는 충돌'을 경험하는 세 가지로 '독서', '여행', '만남'을 꼽았다. 동의한다. 나 역시 책을 읽고, 여행을 떠나고, 사람을 만날 때 항상 새로운 자극을 받았다. 새로운 세상을 만났고, 나의 세계가 확장되었다.

독서는 '무제한'의 여행이자 '무제한'의 만남이다. 독서는 시공간의 한계가 없다. 내가 원하는 시간이나, 시내, 가고 싶은 공간이나 상황에 맞는 책을 만나 새로운 지식과 경험을 얻는다. 지금은 만날 수 없는 위인도 만나고, 쉽게 만날 수 없는 다양한 사람의 스토리와 메시지를 만나 내 의식과 사고의 틀을 넓힐 수 있다.

책으로 만날 수 있는 세계는 무궁무진하다. 각자의 사정으로 바쁜 일상을 보내고 있는 우리에게 가장 손쉽고, 간편하고, 가성비 좋은 간접체험이다. 책을 통해 지식과 경험, 교훈, 지혜, 노하우, 철학, 깨달음 등을 얻을 수 있으며, 간접경험에서 더 나아가 직접경험으로 확장되기도 한다. 여행에 관련된 책을 읽고 미루고 미루던 여행을 훌쩍 떠나거나, 건강에 관련된 책을 읽고 그동안의 자신을 돌아보며 운동을 시작하듯이 말이다.

나는 책을 읽기만 하는 선생님이 아니라 책으로 배우고 느끼고 깨달은 것을 삶의 지혜로 적용하는 선생님이 되고 싶다. 교사야말로 책을 통해 부단히 자신을 연마하고 깨우쳐야 한다. 나의 배움과 성장이 내 자신으로만 끝나는 것이 아니라, 내가 만나는 학생들에게 두루 영향을 미치기 때문이다.

학교에서 아이들에게 '사이좋게 지내라'라는 말을 쉽게 했다. 정작 나는 그러지 못할 때도 많으면서 말이다. 아이들도 나름대로 편한 친구가 있고, 자신과 맞지 않는 불편한 친구가 있다. 친해지고 싶은 친구가 있고, 거리를 두고 싶은 친구도 있다. 생물학적인 나이가 어릴 뿐, 아이도 어른들과 똑같이 감정과 생각이 있는 독립된 인격체다.

책으로 이 사실을 알게 된 후 갈등이 있거나 충돌한 아이들을 중재하는 방법을 바꿨다. 친구와 억지로 악수를 시키거나 무조건 사이좋게 지내라고 하지 않는다. 먼저 각자의 입장을 헤아려 주고, 인정할 것은 인정하게 한다. 그런 뒤에 서로 조심해야 할 부분을 약속하고, 시간을 두면서 자연스럽게 관계가 회복되도록 돕는다.

나는 어제의 나를 넘는 책 읽기로 계속 성장하고 있다. 생각과 경험의 폭이 좁은 사람에서 다양한 안목과 통찰력을 가진 사람이 되었고, 나와 비슷한 상황에 있는 사람만 만나던 인간관계에서 더 나아가 새로운 자극을 주고, 배울 점이 있는 사람들과 의미 있는 소통을 나눈다. 내 생각만 옳다고 여기거나 내 의견만 주장하지 않는다. 편견과 고정관념, 프레임에 갇히지 않도록 노력하고, 다양한 사람들의 입장을 헤아린다.

책을 통해 새로운 자극과 정보를 받고 마음이 움직이는 배움과 취미 그리고 도전을 멈추지 않는다. 좋은 선생님이자 딸이자 아내이자 엄마가 되고자 나는 오늘도 읽고, 쓰고, 실천한다. 완전 독서는 어제의 나를 뛰어넘게 해 주는 오늘의 스승이다.

나는 어제의 나보다 나아진 내일의 나를 기대하며, 오늘도 여전히 오늘의 책을 읽는다. 당신의 독서는 어떠한가?

06

생산적 독서로 인생의 효율을 높여라

여름 휴가철이 다가오고 있었다. 강원도로 3박 4일간 가기로 정했는데 문제는 숙소였다. 마음에 드는 곳은 워낙 비싸 선뜻 고를 수 없었다. 마땅한 곳을 찾지 못해 고민하던 중, "우리 캠핑 갈까?"라며 남편이 새로운 제안을 했다.

성수기에 괜찮은 곳 3일 숙박비면, 캠핑 기본 장비 가격과 비슷하겠다는 생각에 캠핑을 생각한 것이다. 이번 기회에 장비를 갖춰 놓고 가끔 캠핑을 해 보는 것도 괜찮겠다 싶어서 그러자고 했다.

그렇게 첫 캠핑을 가게 되었다. 꼭 필요한 것만 샀는데도 트렁크와 뒷자리까지 캠핑용품으로 가득 찼다. 날씨도 좋고, 처음 하는 경험이라 기분이 들떴다. 설레는 마음으로 강릉 캠핑장에 도착했다. 찾아간 캠핑장은 시설이 그다지 좋지 않았지만, 바다가 가까이 있어서 물놀이를 하며 휴가를 즐기기에 제격이었다. 새로 산 대형 튜브를 개시해 바다에서 즐겁게 놀고 돌아왔다.

한숨 자고 일어나니 어느덧 저녁 시간이 되었고, 캠핑의 꽃이라고 할 수 있는 고기를 구워 먹을 준비를 했다.

"이제 슬슬 저녁 준비를 해 볼까?"

남편이 움직이기 시작했다. 숯을 깔고 토치에 불을 붙였다. 하지만 웬일인지 불이 잘 붙지 않았다.

계속 시도해 보았지만 아무리 시간이 지나도 도통 숯에 불이 붙지 않았고, 결국 불 피우는 방법을 몰라 한참을 허둥대다가 9시가 다 돼서야 밥을 먹었다. 야외에서 먹는 고기는 꿀맛이라는데, 지쳐서 그런지 입맛도 없었다.

우리가 첫 캠핑인 티를 팍팍 내며 한참 부산스럽게 저녁 준비를 하는 동안 옆자리에 있던 커플은 전기 그릴에 편하게 고기를 구워 먹고 있었다. 집에 있는 그릴 생각이 났다. 부탄가스도 생각났다.

'그것만 있으면 이렇게 고생하지 않아도 될 텐데…….'

그렇게 짠한 첫 캠핑 신고식을 치르고 난 후 우리는 종종 캠핑을 갔다. 지금은 돌발 상황에 대처하는 요령도 생겼고, 장비도 잘 갖추고 있어 30분이면 밥도 하고, 국도 끓이고, 고기도 잘 구워 먹는다. 어느덧 8년이 지나 캠핑의 고수가 되었지만, 아직도 식은땀을 뻘뻘 흘렸던 첫 캠핑 날의 기억은 아찔하기만 하다.

고기를 먹는 둥 마는 둥 하며 녹초가 되었던 그날 밤은 마치 완전 독서를 하기 전, 권수에 매달려 허둥지둥 읽다가 결국 번아웃이 되어 버린 과거의 나를 닮았다. 열심히 읽었지만 얼마나 많은 것을 잃은 시간인가.

무려 3년이라는 시간과 책 구매 비용, 도서관에 책을 빌리러 가고 다시 반납하는 에너지, 저녁 시간과 주말을 반납하고 책 읽기에 악착같이 매달렸던 시간들, 책을 읽어 내야 한다는 강박과 스트레스, 좌절감과 허무함에서 비롯된 감정 소모 등 많은 것을 쏟았지만, 많은 것을 잃은 '비생산적인 독서'였다.

토치로 아무리 불을 붙이려 해도 도통 불이 붙지 않던 그날 밤처럼 내 삶에 그렇다 할 변화의 불꽃은 없었다. 3년간 1000권 읽기라는 목표는 달성했으나 오히려 허탈했다. 물론 그 시행착오가 있었기 때문에 지금이 있지만, 한 번 지나간 시간은 되돌릴 수 없다.

그 시절 나의 독서는 수도꼭지를 틀고 잠그지 않은 물처럼 소중한 시간을 아깝게 흘려보낸 독서였다. 시간은 금이다. 누구에게나 똑같이 주어지지만, 어떻게 사용하느냐에 따라 인생의 많은 부분이 달라지는 가능성의 자원이다.

미세 먼지로 봄이 오는 기쁨을 잃게 되자 알게 된 공기의 소중함, 코로나 19로 일상이 마비되자 그리워진 보통날처럼 시간은 당연한 듯 주어지지만 절대로 당연하지 않다.

인생은 유한하고, 시간은 우리를 기다려 주지 않는다. 세상은 넓고, 할 일은 많다. 한 번 사는 인생이기에 흐지부지 살고 싶지 않다. 제대로 잘 살고 싶다.

독서에 배신당한 후 나의 독서는 '생산적 독서'로 변했다. 노력 대비 효과가 높은 완전 독서로 인생의 효율을 높이고 있다. 핵심을 남기고, 일상과 인생을 바꾸며, 자아실현과 도전을 멈추지 않는 그런 독서로 말이다.

우리는 보통 힘든 시간을 겪거나 인생에 큰 전환점이 올 때 '정리'를 하고 싶어 한다. 공간 정리부터 인맥 정리, 마음과 생각 정리까지. 정리는 효율적인 인생을 사는 데 꼭 필요한 과정이다.

독서의 배신 후 가장 처음 한 행동은 불필요한 책을 정리하는 일이었다. 책에 끌려다니지 않고, 책을 끌어가기로 마음먹었기에 나와 내 삶에 기준을 두고 우선순위에 따라 책을 버리거나 처분했다.

힘들게 구매한 책이라고, 선물을 받아서 의미 있는 책이라고, 누구나 알 만한 유명한 책이라고 해서 끝까지 가지고 있을 필요는 없다. 물건이 많으면 정작 필요할 때 빨리 찾을 수 없기나 없는 줄 알고 다시 사게 된다. 이처럼 책도 잘 정리하고, 잘

분류해야 지금 나에게 맞는 책을 적절히 고르고 활용할 수 있다. 많은 책을 껴안고 있는 것보다 소중한 인생 책만 남겨 여러 번 읽으며 선택과 집중을 하는 쪽이 효율적이고 생산적이다.

그래서 나는 주기적으로 책을 정리한다. 나에게 더 이상 쓸모없다고 생각하는 책을 모아 중고서점에 팔거나 아름다운 가게에 기증한다. 또한 독서 노트 내용만으로도 충분하다 판단되면 과감히 정리한다. 소장 가치가 커서 남기고 싶은 책, 삼독까지 할 만한 책은 딱 100권, 많아도 200권이면 충분하다. 이제 책장부터 비우고 정리해보자. 독서에도 다이어트가 필요하다. 제대로 읽고, 쓰고, 실천해서 내 것으로 소화한 인생 책 100권이 한 번 읽고 지나친 1000권을 이긴다.

생산적 독서에서 또 한 가지 중요한 점은 '습관 만들기'다. 적은 에너지로 자연스럽게 이루어지는 독서가 되어야 한다. 애써서 읽을 책이 아니라 술술 읽히는 책을 골라야 한다. 그러려면 지치거나 포기하지 않을 습관 시스템이 필요하다.

주변 환경을 책과 친밀해질 수 있는 공간과 분위기로 만들고, 반복되는 일상과 생활 패턴을 독서에 맞게 조율하자. 어떤 시간대에 가장 집중이 잘되는지, 어떤 장소에서 책을 읽으면 기분이 좋은지 자신의 라이프 스타일과 독서 스타일을 잘 파악해서 실천해 보자.

카페에 가면 오늘의 커피가 있는 것처럼 현재 상황이나 오늘의 컨디션에 따라 오늘의 책을 정하자. 충분히 컨디션이 좋거나 시간적 여유가 있는 날에는 새로 읽어야 할 책을 천천히 정독한다거나 독서 노트를 적는 날로 활용한다. 시간적 여유가 없고 바쁜 날에는 새벽이나 오전 시간을 활용해 독서 노트를 살펴보거나 이미 정독한 책을 재독하거나 삼독한다. 읽어 내야 한다는 강박은 내려놓고, 상황과 책을 매칭해 효율적인 독서 계획을 짜면 된다.

인생 책만 남기는 독서 다이어트로 선택과 집중을 하자. 지속 가능한 습관 시스템을 구축해 독서를 즐거운 습관이자 당연한 일상으로 만들자. 인생의 효율을 높이려고 시간을 아끼고 잘 관리하듯이, 생산성과 효율성을 높인 완전 독서로 일상과 인생을 채우자. 당신도 모르는 사이에 원하는 미래가 성큼 다가와 있을 것이다.

07

삶을 바꾸는 300퍼센트 독서를 실천하라

내가 지금 있는 곳은 부대 안이다. 부대에 살아서 좋은 점은 '자연'을 가까이 느낄 수 있다는 것이다. 산책을 하다가 운이 좋으면 고라니를 만날 수 있을 정도로 자연친화적인 환경이다.

"산책이 목적이 아니라, 고라니가 목적이지?"

남편은 고라니에 푹 빠진 나를 보고 종종 이렇게 말한다. 산책은 건강 때문에 시작했지만, 덤으로 고라니를 보는 재미까지 생겼다. 아예 고라니를 만나려고 고라니 출몰 지역인 '고라니길'로 산책 코스를 조정하기도 했다.

임신 중에도 건강한 컨디션을 유지하려고 시작한 산책에 귀여운 고라니를 만날 수 있다는 기대감까지 더해지니 산책 시간이 기다려지고 더욱 즐거웠다. 책도 마찬가지다. 책을 좋아해서 제대로 읽으려고 노력을 했더니, 인생의 변화가 놀라운 보너스로 따라왔다.

사람은 좋은 환경이나 여건에 한번 도달하면 절대 퇴보하고 싶어 하지 않는다. 앞으로 나아가고 싶어 한다. 나 역시 완전 독서로 변화를 체감한 다음 그 변화를 유지하고 더 발전시키고 싶어 책을 읽는다. 이제는 '무조건 열심히'가 아니라 '제대로 열심히' 말이다.

삶이 바뀐다는 것은 인생이 바뀐다는 것이다. 자기암시요법의 창시자인 에밀 쿠에는 "나는 날마다 모든 면에서 점점 좋아지고 있다"라는 말을 남겼다. 아주 멋진 말이다. 나는 이 말이 완전 독서를 지칭하는 말이 아닌가 싶다. 읽고, 쓰고, 실천하는 3단계 실용 독서를 습관화하며 지내온 매일 매일이 쌓여 나는 날마다 모든 면에서 점점 좋아지고 성장하고 있기 때문이다.

읽고, 쓰고, 실천까지 할 수 있어야 인생을 바꿀 수 있다. 제대로 '읽기'만 하면 100퍼센트를 달성한 셈이고, '읽고, 쓰기'까지 하면 200퍼센트를 달성한 것이다. '읽고, 쓰고, 실천'까지 해야 비로소 300퍼센트에 도달한다. 3단계까지 올라서야 완전 독서, 진짜 나로 거듭나는 독서다.

물론 읽기만 하는 100퍼센트 독서도 아주 훌륭하다. 바쁜 일상에서 꾸준히 책을 읽어 나간다는 것은 현실적으로 어려운 점이 많다. 하지만 이왕 제대로 책을 읽어 보겠다고 결심했다면 완전 독서를 추천한다. 100퍼센트에서 더 나아가 300퍼센트의 시너지를 내는 완전 독서는 당신을 배신하지 않는다.

나는 출산이 얼마 남지 않은 만삭의 몸을 이끌고 이른 새벽부터 책을 써 왔다. 보통 새벽 5시쯤 일어나 저녁 6시까지 먹는 시간 외에는 책 쓰기에 몰두했다. 글을 쓰느라 완전한 몰입에 빠지면 시간이 순식간에 지나간다. 다른 생각도 나지 않는다.

양반 다리를 하고 한참 글을 쓰다 보면, 나중에 무릎이 잘 펴지지 않는다. 눌려 있던 엉덩이와 허리가 살려 달라고 아우성을 치기도 한다. 이 글을 쓸 때쯤엔 만삭 직전이라 부쩍 자주 배가 당기고 태동이 심했다. 아기가 좌우로 쏠리면서 배가 뭉치면 '억!' 소리가 날 정도로 몸이 불편했다. 제 몸 하나도 못 가누는 배부른 임산부가 버둥거리며 세상 심각한 표정으로 원고를 붙들고 있는 모습을 영상으로 찍어 놨다면, 아마 보자마자 웃음이 터질 것이다.

우리는 우리가 생각하는 것 이상의 능력과 잠재력을 가지고 있다. 나는 완전 독서를 하고, 책을 쓰고부터 이 말을 확신했다.

우리의 잠재력을 제한하는 것은 우리의 부정적인 생각이다. 스스로의 가능성을 의심하는 작은 마음이다. 나 역시 그랬다. 스스로 한계 짓는 데 익숙했던 삶이었고, 이상보다는 현실을 따졌다. 도전을 즐기기보다 새로운 변화를 불안해하는 삶이었다. 보장된 것, 확실한 것만을 따르는 것이 정답이라고 여겼다.

나를 한계 짓는 건 환경이나 조건이 아니라 안 된다고 여기는 나의 생각이었다. 해 보지도 않고 안 되는 이유부터 찾던 나. 언제나 중요한 순간에서 망설이고 주춤하던 나는 더 이상 없다.

"해 보기나 해 봤어?"

현대그룹의 창업자 고(故) 정주영 회장의 유명한 말이다. 처음으로 이 문구를 만났을 때의 나와 완전 독서를 하고 난 후 이 문구를 만난 나는 확연히 다르다. 그전에는 존경할 만한 기업인은 역시 다르구나, 라는 식으로만 받아들였다면, 지금의 나는 저 말 뜻을 이해하고 공감할 뿐만 아니라 어떤 일을 시도하거나 실행하기에 앞서 항상 떠올리고 소리 내 외친다.

"해 보기나 해 봤어?"에 내 방식의 문구를 더하는 응용까지 한다. 바로 영어로 'Why not?'(안 될 게 뭐 있어?)를 덤으로 외치는 것이다. 이제 생각이 나면 일단 시도하고 바로 실행한다. 고민하고 걱정할 시간에 되는 방법부터 찾는다. 아주 작은 행동이라도 시작한다.

"자연 임신은 어렵고 인공수정도 의미가 없어요. 한다면 시험관인데……. 이런 경우는 시험관 시술도 까다롭고, 한다 해도 성공 확률이 매우 낮아요."

광주 전남대병원 산부인과 전문의의 소견을 들은 날, 남편과 나는 할 말을 잃었다. 시술해도 어렵다면 입양을 해야 하나,

라는 생각도 들었지만 다른 사람의 아이를 데려다 키울 자신은 없었다. 그동안 인공수정을 하느라 수년을 허비했다는 사실이 허무했고, 아이를 간절히 기다리는 부모님이나 시부모님에게도 어떻게 말해야 할지 몰랐다.

남편을 따라 이사를 다니거나 더 좋은 곳을 찾아 병원을 세 번이나 옮겼고, 수없이 시험관 시술을 받았다. 방학이면 해외여행을 다니던 예전과 달리 결혼 후에는 9년 동안 딱 한 번 나간 것이 전부였다. 나는 30대에 누릴 수 있는 자유 시간 중 많은 시간을 임신에 할애했다. 마지막이라고 생각하고 2년간 난임 휴직을 하며 열심히 병원에 다녔지만, 그마저도 실패로 끝났다.

하지만 놀랍게도 10년 만에 기적처럼 아이가 찾아왔다. 네 번의 유산과 수십 번의 시술 끝에 자연 임신이 된 것이다. 의사의 말을 듣고 '불임'인 줄만 알았는데, 알고 보니 '난임'이었다.

임신 초기에 갑자기 복통과 하혈이 시작되었다. 유산 조짐에 놀라 급히 대학 병원으로 달려갔던 일이 떠오른다. 절대 안정을 취하고 2주 뒤에 받은 검진에서 다행히 아기가 살아 있음을 확인했을 때 왈칵 눈물이 날 뻔했다. 가슴을 쓸어내리며 진심으로 감사했다.

나에게 온 이 소중한 아이에게 나는 책을 좋아하는 엄마 이상으로 책을 쓰는 엄마가 되고 싶었다. 나중에 크면 내가 너를 품고 있었을 때 이 책을 썼노라고 이야기해 줄 것이다.

나는 이 아이를 폭넓은 독서와 다양한 체험으로 자신을 알아가고, 스스로 자신의 길을 찾는 주체적인 아이로 키워 낼 것이다. 내 아이는 나처럼 어른들이 시키는 대로 따르는 삶을 살지 않길 바란다. 진로를 결정할 때도 특정 대학이나 직업을 강요하지 않고, 본인이 원하는 길을 가도록 할 것이다. 때로는 방황도 하겠지만, 아이가 스스로 해답을 찾을 때까지 지켜봐 주고 기다려 주는 엄마가 될 것이다.

또한 인생의 목표를 정할 때 '남과 더불어 사는 삶'에 가치를 두도록 할 것이다. 자신을 바꾸고 삶을 바꾸는 것에서 더 나아가 다른 이들에게 '선한 영향력'을 미칠 수 있는 삶 말이다.

나 또한 이 책이 인생의 변화와 성장을 원하는 사람들에게 시원한 마중물이 되었으면 한다. 많은 시행착오를 겪으며 멀리 돌아왔지만, 완전 독서를 하고 책을 쓰는 과정에서 내 인생이 놀라우리만큼 단단하고 성숙해졌음을 느낀다.

올해는 내게 매우 뜻 깊은 해다. 나의 분신인 아이가 태어난 해이자, 나의 또 다른 분신인 책을 완성한 해이기 때문이다. 둘 다 첫 아이, 생애 첫 책이라 더욱 특별하다. 아이를 원하던 간절함만큼이나 절실하게 책을 읽고, 책을 썼다. 그 결과 나는 독서의 배신을 뛰어넘어 값진 독서의 선물을 받았다.

"산다는 건 그런 게 아니겠니
원하는 대로만 살수는 없지만

알 수 없는 내일이 있다는 건
설레는 일이야, 두렵기는 해도"

앞으로의 내 삶이 어떤 모습으로 펼쳐질지 궁금하다. 여행스케치의 〈산다는 건 그런 게 아니겠니〉라는 노래 가사처럼 우리는 내일을 모르기 때문에 인생이 힘들기도 하지만 재밌기도 한 게 아닌가 싶다. 어떤 내일이 기다리고 있을지 모르지만, 삶을 바꾸는 300퍼센트 독서, 완전 독서가 언제나 나와 함께한다는 것만으로도 든든하다.

나는 위대한 독서가도, 그렇다 할 이력과 재능이 있는 특별한 사람도 아니다. 하지만 나는 책에 끌려다니던 독자에서 책을 끌어가는 똑똑한 독자가 되었고, 더 나아가 내 삶의 정수가 담긴 책을 쓴 저자가 되었다. 또한 무엇보다 내 인생의 진정한 주인이 되었기에 더없이 기쁘고 행복하다.

다시 한번 말하지만(이제 마지막이다) 무작정 열심히 하는 독서는 여러분을 배신한다. 하지만 제대로 열심히 하는 독서는 단단한 자기 성장과 꿈꾸고 행동할 수 있는 미래를 선물한다. 여러분의 알 수 없는 내일이 부디 원하는 모습이길 바라며, 어제의 자신보다 충만하게 빛날 수 있기를 기도한다.

epilogue

아기를 재우고 늦은 시각에 노트북 앞에 앉았다. 드디어 투고하는 날이다. 떨리는 마음으로 출판사에 메일을 보냈다. 집중 독서를 시작한 지 5년 하고도 5개월 만이다.

그날은 올해 들어 가장 슬픈 날이기도 했다. 6년간 함께한 토끼가 무지개다리를 건넜기 때문이다. 그렇게 좋아하던 부드러운 풀을 실컷 먹이지 못해 미안하고 마지막 가는 모습을 지켜주지 못해 가여웠다. 토끼가 그리워 하염없이 눈물이 났다.

자식 같은 토끼가 세상을 떠난 날이 분신 같은 원고를 세상에 내보내는 날이었다. 신생아를 돌보느라 '밥보다 잠'을 외칠

정도로 극심한 수면 부족에 시달렸음에도 그날은 슬픔과 흥분이 뒤엉켜 잠이 오지 않았다.

돌아보니 작년 9월 말부터 1년 가까이 잠을 제대로 잔 날이 거의 없다. 임신 초기에는 입덧이 심해서 잠을 설쳤고 중기 이후로는 화장실을 가느라 수시로 잠을 깼다. 어서 아기를 낳아 입덧이 끝나기만을 간절히 기다렸지만 또 다른 복병이 있었다. 출산보다 무서운 젖몸살이다. 출산 후 3일차부터 시작된 젖몸살로 입덧 졸업의 기쁨을 누릴 새도 없이 세 시간 간격으로 무거운 몸을 일으켜야 했다. 엄마가 되는 순간 숙면은 포기하고 살아야 하는 것 같다. 고3 수험생처럼 잠 한번 실컷 자보는 게 세상 소원이었다.

육아는 고되다. 책 쓰기에 이어 육아를 해보니 육아가 한수 위다. 특히 아기가 100일이 되기까지는 정신력을 넘어서는 극강의 피로를 견뎌 내야 한다. 예쁜 아이를 낳아서 감사한 것과는 별개의 문제다. 이렇게 찐한 터널을 통과한 세상의 모든 엄마들이 다시 보였다. 출산을 앞두고 '입대'하는 것 같다고 표현한 사람도 있는데 참 적절한 표현이라고 생각한다. 먹고 싶을 때 먹지 못하고 자고 싶어도 자지 못하며 씻고 싶을 때 씻지 못한다. 심지어 화장실도 제때 못 간다. 아기 키우기는 상상 그 이상이다.

돌파구는 역시 책이었다. 아기를 배불리 먹이고 기저귀를 갈아 주고 안아 줘도 울면 참 막막했다. 주변에서 신생아는 원래 잘 운다며 열만 안 나면 괜찮다고 아무리 말해 줘도 막상 아기가 계속 울면 불안하고 무서웠다. 어디 아픈 것은 아닌지, 내가 뭘 잘못한 것은 아닌지 걱정이 되었다. 아기가 낮잠을 잘 때 육아 서적을 보면서 육아에 대한 불안감과 죄책감을 많이 내려놓을 수 있었다. 우는 아이에게 즉각 반응하지 않아도 된다는 문장을 가슴에 새긴 뒤로는 아기가 울어도 전처럼 허둥대지 않고 여유를 가지고 움직였다. 두어 달 가까이 책 한 권을 곁에 두고 수시로 읽고 또 읽었다. 책에 의지하고 나니 마음이 한결 가벼워졌다.

육아로 심신이 지치고 힘들 때는 출간 이후를 상상했다. 아기 옆에 내 책을 두고 같이 인증 샷을 찍는 모습, 저자가 돼 지인들에게 알리는 모습 등을 상상하니 힘이 났다. 아기가 통잠을 자기 시작하면서 밤에도 책을 읽었다. 한동안 잊고 있었던 책 읽는 맛이 살아나며 활력이 생겼다. 짧게나마 책을 보는 그 시간이 얼마나 달콤하고 소중한지 모른다. 책을 읽고 싶을 때 읽을 수 있는 것도 감사한 일이라는 것을 새삼 깨달았다.

돌아보면 모든 것이 감사하다. 출산 전에 원고를 완성한 것도 감사하고 유산과 조산 가능성을 딛고 아기가 예정일에 건강하게 태어난 것도 감사하다.

부모의 무게를 견디는 것이 쉽지 않지만 아이가 성장하도록 돕는 것은 부모의 의무를 넘어 사명이라고 생각한다. 내가 생각하는 세상 최고의 보람은 다른 사람의 성장을 돕는 것이다.

지금의 나에게는 육아와 책 쓰기가 그렇다.

아직 부모가 되기 전이라면 내 시간을 자유롭게 쓸 수 있을 때 반드시 책을 써서 저자가 되기를 진심으로 바란다. 시간이 매이기 전인 지금이 가장 좋은 때다. 이미 부모가 되었다면 내 자녀를 위해 저자가 되기를 권한다. 책을 읽고 쓰는 모습을 보여 주는 것이 자녀에게 최고의 본보기가 될 것이다.

책 쓰기의 맛을 한 번 경험하면 멈출 수 없다. 그래서 이미 책을 쓴 저자도 계속해서 새로운 책을 써낸다. 지금 이 시간에도 많은 사람들이 책을 쓰기 위해 애쓰고 있다. 이제 당신도 쓰기 대열에 동참하기 바란다. 컨셉과 목차만 잡으면 반은 완성이다. 물론 목차 만들기가 쉽지 않지만 못할 일도 아니다. 내가 할 수 있는 것부터 하면 된다.

자녀에게 남겨줄 유산은 돈이 아니라 내가 쓴 책, 그리고 책 읽는 습관이다. 코로나가 기승을 부릴수록 우리에게 필요한 것은 책 읽는 시간이다. 독서 습관이 있는 사람은 곁에 안전하고 든든한 스승을 모시고 사는 것과 같다.

유례없이 학교 수업을 원격으로 하는 이런 때일수록 아이들이 스스로 공부하는 습관을 갖추는 것이 중요하다. 좋은 학습 콘텐츠가 있어도 자기 것으로 삼는지 여부는 아이에게 달렸다. 공부는 결국 스스로 해야 한다. 자기 주도적 학습은 독서 습관에서 시작된다. 책을 제대로 읽는 아이는 공부도 혼자서 할 수 있다.

어른도 마찬가지다. 많은 생활이 제한되는 이 시점에 책으로 나만의 시간을 가지며 이 시기를 어떻게 살아야 하는지 생각할 필요가 있다. 이미 포스트코로나 시대에 대한 책이 나오고 있다. 많은 것이 멈춘 것 같아도 배움은 멈추지 말아야 한다. 하루가 다르게 변하는 세상에서 책을 멀리한다면 순식간에 뒤쳐진다. '어제보다 나은 나'가 되고 싶다면 의식적으로 책을 펼치자. 오늘 책을 보는 사람은 내일이 달라진다.

이제 긴 여정의 마침표를 찍을 시간이다. 한 페이지, 한 문장도 쓰기 어려워 막막하고 답답할 때 쓸 말을 생각나게 하시고 계속 나아갈 힘을 주신 하나님께 먼저 감사드린다. 육아에 소질 없는 저질 체력 딸을 위해 헌신적으로 아기를 봐주시는 부모님, 기도와 사랑으로 지지해주시는 시부모님, 반려자에서 육아 동지가 된 든든한 남편, 그리고 나를 엄마로 만들어 준 유겸이에게 고마움과 사랑을 전한다.

이 책에 담긴 열정의 온기가 당신에게 닫기 바라며 당신의 내일을 뜨겁게 응원한다.